中華美食詩詞集 中冊

鳳麟 —— 著

前言

　　所謂「家常菜」，就是老百姓每天在自己家裡常做常吃的菜肴，即，所謂「媽媽的菜」「爸爸的菜」「奶奶的菜」……。

　　一般來說，這樣的菜，她既是健康的，方便的；也是經濟的，可口的。所以，深受廣大百姓的喜愛。可以這麼說，我們幾乎每一個華人，無論是在國內還是海外，都是吃著我們自己家裡父母親給做的「家常菜」長大的。「家常菜」，對我們每一個人的一生的健康成長，都起著至關重要的作用。是我們須臾不可離開的東西。因為，她養大了一代代華人，成就了我們華人的世界。這是其最偉大的功勳之一，也是她的主要特點。

　　其二，家常菜有著明顯的地方特色。常言道，「一方水土養一方人」就是這個意思。南方人生長在中國的南方，那裡不同季節的氣候決定了那裡的不同時令的農作物和蔬菜的品種。同樣，北方也有北方的氣候和特點。沿海的人們，海產品自然就吃得多，山區的百姓就常常以山區的土特產為食物。總之，久而久之，不同地區、不同季節、不同民族乃至不同的宗教習俗，都會形成不同的飲食習慣，自然「家常菜」的種類也是五花八門，令人眼花繚亂而又大相徑庭的

了。

其三，「家常菜」可以有各種各樣的分類。在此，暫且按照最粗陋的形式分成三大類：涼菜、熱菜和湯菜。這三大類中，每一種又可以分成葷菜、素菜、以及葷，素混合菜這三個不同成分的菜肴。在這本集子裡，我沒有按照這種「科學」的順序排列。只是今天做了什麼菜，就寫了什麼詩詞。一樣是隨機，一樣是率性。只是圖了個高興而已。

其四，因為「家常菜」是千家萬戶每天的菜肴，那必定是各不同的。同是「白菜燉豆腐」，不同的地區，不同的家庭，做出來的那一定是不一樣的味道，這是因為每個家庭的傳統不同，人們的口味和喜好也不同，有的喜歡鹹，有的喜歡酸，有的偏愛辣，有的喜歡甜。有的家庭喜歡菜做的爛一點，追求「入味」，有的家庭喜歡「生」一點，追求營養和口感。總之，每個家庭的傳統和風格不同，會使每個家庭的家常菜開出各樣五色斑斕的小花。展現著中國人民豐富的想像力和創造性。所以，我們中國的家常菜是生鮮的，活潑的，有著無盡的生命力的。

其實，在上冊中的八大菜系中的許多菜肴，經過數百年的演變，至今，許多菜肴已經演變成了老百姓的家常菜了，所以說，八大菜系和家常菜並沒有截然的分界線。八大菜系中的許多名菜是在千千萬萬的家常菜中經過專業廚師的精心研究，反覆試驗，改造而創作出來的。但是，無論怎麼說，家常菜是八大菜系的名菜的基礎，八大菜系是家常菜的昇華而已。她們的共同點都無一例外的體現了中華美食的深厚的文化底蘊，歷史淵源和民族特色。

時至今日，經過數千年的陶冶，無數家庭的反覆實踐，如今的家常菜已經極為豐富，極為全面，幾乎將所有食材的特點發揮到極致。其數量也已成千上萬，難以窮盡。在如此令人眼花撩亂的「家常菜」的百花園中，我們也只能信手拈來幾朵小花，品其香，賞其色，贊其美，驚其特，抒發著由衷的感慨和讚美。

　　家常菜至今仍在發展著，進化著。隨著這個世界的全球化日益普遍，人員、資訊的交流日益頻繁。中西結合的家常菜也漸漸地走進許多家庭的餐桌。中餐融進許多西餐的元素；西餐也多了一些中餐的味道，這都是很自然地事情。

　　中華美食就是這樣胸懷寬廣的。所以，她才能成為博大而精深！

　　詩詞是用以表達情感的，《中華美食詩詞集》中冊（家常菜）中表達的是對最普通的，每天都可以見到的小菜的由衷的詠頌，對那些創始者，那些為後人提供這些「家常菜」的做法和材料的先人的謳歌，對那些不同於西方的，我們中國人的飲食文化的敬畏和崇拜。願我的拙作，能為我們的中餐，我們的「家常菜」，在色香味和好吃的基礎上，再增加一些文化的清新和韻味。

　　這裡的詩詞是我早年的拙做。都是率性而為。自然有許多有違格律之規。但是，我想，還是不改了，既有那時的情趣，又有美好的回憶。也是一個樂子。

　　在這本集子裡寫了一些詩歌，無外乎是一些五絕，五律，七絕，七律類的模仿唐詩的詩歌。因為是初次嘗試，難免會有許多不足之處。無論是格律，韻腳，亦或是對仗等等

都有可能並非十分嚴謹。錯誤之處，請多多包含。

　　自我感覺，因為僅僅是圖一個快樂而已，也並無其他非分之想。所以，也就沒有苛求自己了。

二〇一九年二月七日星期四

關於中國古典詩詞的簡介

　　中華民族是一個擁有五千年悠久歷史的古老民族。悠久的歷史便能孕育豐厚的文化。而一個民族的文化和傳統既源於本民族的經歷和生活，同時又對這個民族的現實的社會和生活方式有著巨大而無形的影響。我們社會中的每一個人，從一日三餐，到語言習慣；從做人的品德到社會交往；從尊師愛教到敬老攜幼；從琴棋書畫到夫妻之道；從官場吏治到商賈之德，……總之，文化，就像水一樣，浸潤著我們民族每一個兒女的全身，影響著我們的一生的言論和行為。而我們這本書裡所涉及到的中國古典詩詞，僅僅是我們中華文化中的一朵燦爛的小花。

　　說及中國的古典詩詞，那是淵源久遠。自西周早期的詩經開始，至今亦有三千多年了。經過從詩經——樂府——賦——辭——唐詩——宋詞——元曲的不同的發展，變化的階段，而最終形成了一個特有的文學藝術形式。

　　本集中主要是以宋詞和元曲的形式為主，間或有幾首七律（唐詩）。律詩起源於唐朝，有五律，七律之說。五律，即五言律詩，五律，是由五言絕句發展變化而來的。五律，顧名思義，一般是每句五個字，一共有八句（超過八句的律詩為排律）。有固定的平仄格律和韻腳要求；七律，即七言

律詩。每句七個字，也是一共八句。七律的格律是由五律擴展衍申發展而來的。無論是五律，還是七律，其中間四句都是要求對偶句的。第一句可以是入韻，也可以是不入韻的，例如：韓愈的《左遷至藍關示侄孫湘》是以「平」聲開頭，又押平韻。

　　平平仄仄仄平平，仄仄平平仄仄平。
　　一封朝奏九重天，夕貶潮州路八千。
　　仄仄平平平仄仄，平平仄仄仄平平。
　　欲為聖明除弊事，肯將衰朽惜殘年。
　　平平仄仄平平仄，仄仄平平仄仄平。
　　雲橫秦嶺家何在？雪擁藍關馬不前。
　　仄仄平平平仄仄，平平仄仄仄平平。
　　知汝遠來應有意，好收吾骨瘴江邊。

　　再比如，上冊中的《清炒蝦仁》七律，則是以「仄」聲開頭，押平韻。

　　仄仄平平仄仄平，平平仄仄仄平平。
　　粉嫩鮮香醉天涯，回眸二月宴中花。
　　平平仄仄平平仄，仄仄平平仄仄平。
　　仙子翠片爭清欲，聖女紅根送甘遐。
　　仄仄平平平仄仄，平平仄仄仄平平。
　　五色斑斕成豔曲，百香添味又平滑。
　　平平仄仄平平仄，仄仄平平仄仄平。

蝦仁遺情自然美，淡口清心做人家。

　　宋詞是在唐詩的基礎上發展另一種極富成就的一種文學形式。「宋詞」，也被稱作「長短句」。是一種兼有文學與音樂之特點詩歌。一般用於娛樂和宴會上的演奏和詠唱。每首詞都有一個調，名為「詞牌名」。作者要依調（律）填詞。每個詞牌名均有一個通用的韻腳，或平韻，或仄韻，也有的詞中兩者兼而有之。所謂「平」、「仄」和韻。至於「平」、「仄」，是什麼意思呢？在古代漢語的聲調分平、上、去、入四聲。「平」指四聲中的平聲，包括陰平、陽平二聲；「仄」指四聲中的仄聲，包括上、去、入三聲。然而，在現代漢語四聲中，第一聲、第二聲被認為是平聲，也就是古代漢語中的陰平，和陽平；第三聲、第四聲被認為是仄聲，也就是古代漢語中的「上」聲和「去」聲。古代漢語中的「入」聲，今天已經不存在了。

　　詞中的每一句的平仄關係，也有一定的要求。這就是所謂的格律。沒有格律，便不能被稱之為宋詞。有了格律，句子便有了陰陽頓挫，從而產生音樂性。但是，無論詩也好，詞也好，格律雖然重要，但是，因為詩詞都是要表達作者的祈求，情感和心情的。那是一種意境。所以，詩詞的描述，要以意境第一，格律第二的原則。正如我國的近代國學大師王國維先生在《人間詞話》中所云：「詞以境界為最上。有境界則自成高格，……」就是這個道理。但是，格律也是要兼顧的。格律反映了詩詞的藝術的美以及優雅的音樂性。

　　比如，上冊中第三十七首《雨前蝦仁》用的詞牌名是

「楊柳枝」其標準格律應該是：

> 平仄平平仄仄平，仄平平仄仄平平。
> 白乳蝦蟲又卸妝，雨前新水泣海疆。
> 仄平仄仄平平仄，仄仄平平仄仄平。
> 反尋罄透茶香曲，會去相思話衷腸。

這與我們的雨前蝦仁的菜肴之色香味描述也是基本一致的。再比如，上冊中的《米粉肉》，用的詞牌是「蔔運算元」（「中」表示可平，可仄。）

> 中中中中平，中仄平平仄。
> 五花蒸其糜，油浸米粉汰。
> 中仄平平中中中？中仄平平仄。
> 紅豔香澤欲垂涎，魂走天門外。
> 中中中中平，中仄平平仄。
> 華人千年徒，創意心安在。
> 中仄平平中中中，仄仄平平仄。
> 米粉妝香攜仙比，日月穿梭快。

目次

五言律詩

七言絕句

七言律詩

詞與曲

五言絕句

韭菜炒魷魚須

陽草逢新貴，白絲綠浪翻。
香魷膾素手，萬世壯雄天。

二○○五年五月二日

糖醋帶魚

裙刀閃海東，舉宴脆猩紅。
猶醉遼宮味，秋雨淚盈盈。

二○一五年五月七日

家常腐竹

腐竹未是竹，皮豆卷江廬。
為伍爭千味，香綿伴喬菇。

二○一五年五月十一日

老廚白菜

白菜何其軟，肉香浸粉蓮。
最為留人處，竟是老廚仙。

二〇一五年五月十七日

爆炒腰花

遠看盤中畫，猶如碧景崖。
嶙峋腰花開，嫩嫩綻春芽。

二〇一五年五月二十二日

蘆筍炒牛肉

筍芽雲裳落，肉嫩自銷魂。
憑白施舊禮，婀娜婦人心。

二〇一五年五月二十四日

椒絲蝦醬炒魷魚

薑絲鹵醬蝦，巧手玉開花。
一簾春夢裡，紅綠忘天涯。

二〇一五年五月二十九日

牛蒡炒肉

絲絲扣連環，香肉馥心蓮。
牛蒡心腹事，蔥薑知甜鹹。

二〇一五年六月一日

蒸瓜子肉

醃瓜肉裡藏，紅餡孕鮮香。
驚擾鄰家客，悄悄窺內堂。

二〇一五年六月七日

雞蛋角

入室聞啼驚，稚兒淚眼朦。
蛋餃剛入嘴，破涕笑出聲。

二〇一五年六月十四日

蔥燒剝皮魚

浪裡閃綠鰭，馬面翹嘴熠。
蔥燒香滿路，月月上鄉席。

二〇一五年六月十九日

蛤蜊絲瓜

蛤蜊探黃芽，仙湯潤翠瓜。
東風聞來顧，大漠日西斜。

（在酒泉的朋友家能吃到「蛤蜊炒絲瓜」真是不容易啊！隨
口吟小詩一首。以念之。）
二〇一五年六月二十二日

五言絕句

33

菠菜菇菇

蘑頭褐如丘，綠龍撒山溝。
佐餐清血燥，菠菇共戚休。

二〇一五年六月二十七日

清炒高麗菜

清口甘藍葉，養心益智眸。
湧寶三江水，更美一寒秋。

二〇一五年七月二日

自製蝦餃

蝦肉碾如泥，茭白坐上席。
平添五孔香，隱隱透紅皮。

二〇一六年三月八日

茄汁蒜泥蝦

半月弓身退，香滑吮指紅。
蒜泥追味蕾，倍感幸福中。

二〇一五年八月三日

瑤柱節瓜脯

節瓜臥數堆，小貝俏然追。
欲解其何迷？山南妹子歸。

二〇一三年十一月二十三日

南瓜燜排骨

橘色南瓜煲，楚楚麗人行。
囊中懷豕靡，吐骨露真情。

二〇一一年二月九日

椒鹽豆腐

白玉飾黃裳，椒鹽美四方。
欲迎天下味，蔥蒜品三江。

二〇一二年十二月十二日

洋蔥炒雞肉

白肉裹金嬋，雞香韻味甜。
平民謀歲月，拂拂清風饞。

二〇一四年十二月二十一日

金針菇肉卷

束束細如縷，菇頭竟成燈。
牛肉慕情侶，金針何處生？

二〇一三年十月十日

空心菜炒肉絲

悠悠綠莖靈，紅椒總生情。
絲絲肉有意，清炒闔家行。

二〇一〇年三月四日

咖喱土豆

咖喱匯群香，南洋舞僻疆。
嬌融乳媚裡，土豆也稱王。

二〇一六年三月十九日

紅燒豆腐

三分快手菜，老抽半邊紅。
晶玉羞暈色，嫩香自心中。

二〇一七年九月十八日

海鮮蒸蛋

羹海泛黃漿，蝦王浴蛋香。
相柔各有味，人間有神堂。

二〇一六年八月十一日

茄汁豆腐

凝玉漫紅顏，川滋滷味甜。
潤情偏奪目，一品勝神仙。

二〇一三年九月十八日

香煎雞翅

乳翅抹春紅，香烹酒滿盅。
咸逐歸嫩味，滿院舞東風。

二〇一四年十二月四日

玉米燴肉粒

五色金紅翠，珠黃又滿鄉。
葷素分上下，玉米自稱王。

二〇〇六年二月三日

滑豆腐蒸水蛋

黃蛋鑲白玉，蝦仁點秋香。
無邊浮燦花，幾朵綠絡旁。

二〇〇九年十一月十八日

紅燒魚塊

香煎鱸草靜，薑筍伴君情。
美了江南景，終成五洲行。

二〇〇八年五月一日

青椒炒豬耳朵

焦黃嫩潤筋，紅綠亂人心。
北調南腔曲，把酒瀝新魂，

二〇一一年 七月二十四日

芋兒雞

兒芋嬌千古，眩光傍雉魂。
洶洶一鍋煮，鄉老入柴門。

二〇〇八年三月二十三日

蒜蓉小白菜

新綠鎖千秋，清純入紫樓。
尤歡香蒜拌，豔蘊百花羞。

二〇〇九年七月三日

蒜蓉西藍花

碧花如染芷，碎玉竟無暇。
熠熠人心偎，荒山也是家。

二〇一二年三月十九日

蒜蓉芥藍

如菌蕈香魅，絲絲綠杆肥。
蒜蓉穿骨去，蘇軾早相隨。

二〇一二年五月十一日

蒜蓉油菜

分明綠葉稠，白背盡溫柔。
同陷蒜泥鄉，風流各千秋。

二〇一三年四月十一日

香芹舞菇

幾朵香菇舞，穿插看碧芹。
姜油升貴曲，何須再調音？

二〇一四年七月九日

香菇苦瓜

嶙嶙生片羽，素月傘中香。
清熱開食飲，苦甜各自嘗。

二〇一五年十一月二日

清炒苦瓜

片片綠棱筋，清心夜如春。
天邊明月亮，淡言話古今。

二〇〇七年十二月六日

肉片炒苦瓜

斜凌絲誘綠，嫩肉裏情鹹。
苦味消春恨，聽松敘世言。

二〇〇六年十月五日

乾煸菜花

黃花嫩莖柔，稻郁滿寒秋。
儔侶鄉間醉，同愛椰菜饈。

二〇〇五年十一月十九日

四季豆燒肉

細莛兩頭尖，嚴冬伴灶眠。
紅白都是友，不怕上西天。

二〇〇九年一月二十二日

西葫蘆木耳炒雞蛋

憨瓜識舊偶，黃菜攬黑裘。
夜夜澄如水，五彩畫風流。

二〇〇六年二月七日

白菜燉凍豆腐

白玉呈千孔，黃芽嫩脈嬌。
北國寒夜裡，砂煲起風騷。

二〇〇五年十二月二十八日

香菇蒸雞

香菇難寡處，雙袖捧雞仙。
紅棗甜童子，姻緣一線牽。

二〇〇五年三月二十六日

家常炒蝦子

遙聞蝦子香，豎子欲張狂。
臨街邀摯友，回首話國殤。

二〇〇五年四月十九日

黑椒牛仔骨

石徑溪邊草，鬱椒烹百花。
仔骨香無顧，黑川獨自呷。

二〇一四年七月八日

粟米斑塊

石斑游四海，未吟玉米香。
今有船家顧，從此笑三江。

二〇〇四年八月十二日

梅菜蒸肉

烏金孕寶囊，紅麗又還鄉。
糯糯粘汁潤，童年味道香。

二〇一〇年三月二十二日

雪裡紅炒肉末

斑斑五色絨，深綠畫春情。
欲添一絲辣，汗珠額邊生。

二〇〇九年五月十二日

五言律詩

洋蔥炒土豆片

金黃紫玉藏，妙曲育安康。
鹹嫩天作域，淡軟地為疆。
本為西洋味，卻稱神州香。
素樸慰百姓，千秋有榮光。

二〇一四年一月七日

土豆香菇燒肉

精肉燦儒石，柔香嫩韻汁。
黑菇寫山書，鈴薯畫地詩。
八幡出奇花，四海入良芷。
鬧市有家宴，野徑豚香至。

二〇一四年二月十八日

牛仔骨燒土豆

褐肉聯筋骨，長熬伴薯湯。
綠嬌垂秀媚，黃憨挺厚良。
胡菜思甜味，家牛謝鹹香。
本自閩粵始，花開自無疆。

二〇一四年三月一日

椒鹽土豆片

白花點黑麻，曲頸當無價。
滾油從容浴，蠻火盡情扒。
花椒催情趣，漉鹽引思遐。
炊房一白丁，恩德苦人家。

二〇一四年三月十二日

耗油雞翅

紅亮漫雞香，全憑牡蠣漿。
油醬醃入味，薑蔥染嬌黃。
過油生暖色，慢燉瀝甘湯。
軟翅油手面，美心忘還鄉。

二〇一四年四月二十三日

咖喱雞翅

天竺出咖喱，辛辣萬人迷。
百味自丹草，眾香隨仙雞。
酒香沁春骨，醬色美秋皮。
鹹翅爛如許，憬悟知東西。

二〇一四年五月四日

蜜汁雞翅

煎炸與烘烤，由來各自香。
松山出野鶴，閒池浮鴛鴦。
嫩香如一處，軟脆各兩廂。
同裹紅羅蜜，甜心已飛揚。

二〇一四年七月十九日

香酥雞翅

斑斕色如煙，香酥脆流延。
糙皮舒心脾，嫩肉醉紅顏。
蒼山愛水神，遊子戀翅仙。
一朝盤邊過，煩惱自翩躚。

二〇一四年七月二十九日

蒜蓉芥蘭

翠玉翔白伴，英台有碧雲。
蒜蓉出春殿，芸薹美蔬林。
素葉清肌膚，白丁染綠紋。
文言其未盡，淡雅惠人神。

二〇一四年八月五日

炒荷蘭豆

軟莢生暖意，虹彩孕椒香。
泊來自海外，口誦出山鄉。
清清戀白蒜，淡淡愛黃薑。
煸去陌生氣，由來寫精良。

二〇一四年八月九日

香菇菜心

翠色褐肉蓋，天聯自成翁。
匠心藏厚味，先人創神功。
飛來玉汁嫩，撇去亂花雍。
綠葉成本色，育人五臟中。

二〇一四年八月十一日

涼拌三絲

香脆綠白紅，三絲弄亂蓬。
味含秋江色，韻至北山重。
情遍入心腑，真純動地聲。
酒樽三戀舉，蒼山自多情。

二〇一四年八月二十日

燒雞

神仙各路有，南北竟神通。
各色糜中爛，群芳黃裡紅。
奇思緣百草，偏路綻珍容。
攜手悄然去，一品淚縱橫。

二〇一四年八月二十七日

雞肉丸子

豫州出彩蔓，香嫩動宮城。
越女紅羞面，憨郎醉後生。
補精揚腎氣，益智抗虛風。
回首百桌菜，雞丸別樣紅。

二〇一四年九月一日

土豆山藥燉雞湯

君於土裡生，天孕地藏能。
山海經中贊，本草書有情。
雞湯攢薈萃，高月顯神明。
一碗熱湯戲，何懼有寒冬。

二〇一四年九月十一日

地鍋雞

合菜稱民意，民鍋落野坑。
雞汁潤軟餅，香岸追海風。
勞苦人間事，銷魂地鍋中。
漁樵為生計，烽火伴歌聲。

二○一四年九月十三日

家常紅燒雞塊

紅褐亮明光，雞香自入觴。
尋常百姓美，寂寞宦官香。
酸辣隨心去，甜咸任君彰。
歲月如梭飛，何需盼夕陽？

二○一四年九月十九日

涼拌雞絲

雞絲清寡淡，綠蓋巧飛紅。
醬色憑滋味，鱗末閃辣容。
炎炎清素裡，悠悠落晚情。
赤日炎炎外，靜靜野山亭。

二○一四年九月二十二日

滑溜雞片

斜刃片白脯，滑俊走萬家。
別時屋上雪，感知秋雨滑。
夕照通廊碧，賓客已紅霞。
雞片雖掃盡，空盤月如花。

二〇一四年九月三十日

雞蛋炒苦瓜

河野泛黃花，千鉤富貴家。
悠悠微柔苦，清清悅紅頰。
養血清煩躁，平溫去火牙。
蛋香恒有味，情癡戀涼瓜。

二〇一四年十月二日

雞蛋炒絲瓜

翠玉羞于面，黃花凌上消。
其人添番紅，另婦加紅椒。
平匯更有味，淡雅自獨高。
山間流碧水，素樸是英豪。

二〇一四年十月九日

雞蛋炒豆腐

金縷簇成山，白牙臥伴仙。
青蔥香綠翠，細蒜沁黃蟾。
東北合一室，西南醉凳前。
家家有小菜，香嫩天地間。

二〇一四年十月十五日

雞蛋炒冬瓜

焯水晶如玉，蛋皮油裡黃。
紫辛臨近落，方柔內中香。
清熱無寒暑，解毒有短長。
八方各成藝，草廬現吉祥。

二〇一四年十月二十二日

雞蛋炒肉絲

閒言老少戀，門戶上高橋。
無語論道理，張嘴入雙嬌。
少小心中過，耄耋意難消。
雞蛋肉絲好，千年餘味飄。

二〇一四年十一月一日

炸花生米

珠璣玉徑圓，紅粒有甜鹹；
老漢酒中菜，兒童桌上餐。
千年百姓席，南北春秋宴。
旗酒爭捐客，碟碟心裡甜。

二〇〇二年二月二十八日

七言絕句

雞蛋炒豇豆

條條莢綠嫩如嬌，漫捲黃袍玉香飄。
同上九天摘日月，不同筋骨送秋宵。

二〇一四年十一月十日

雞蛋炒黃瓜

快手清雲入爽滑，香黃友愛有新家。
會當沃補辛勤漢，上下天光看彩霞。

二〇一四年十一月十一日

雞蛋炒菜花

江南麗水曬黃花，紅豔白菱伴酒呷。
俏麗從來無掩飾，俏然暗處自光華。

二〇一四年十一月十五日

雞蛋炒西藍花

百姓宅裡尋常見，綠楊陰裡凝香球。
魂來南嶺興萬世，味送東方萬戶侯。

二〇一四年十一月二十一日

雞蛋炒荷蘭豆

甜嫩青莢攜玉眠，黃澄如侶兩相纏。
何時迎來西山月，通惠家人品甜鹹。

二〇一四年十一月二十三日

雞蛋炒韭菜

陽草黃仙鎖玉欄，溫中行氣袪虛寒。
春風古路年年走，嫩韭香蛋做聖賢。

二〇一四年十一月二十七日

雞蛋炒西葫蘆

曾裁片片白如玉，又看精油入蛋懷。
誰道黃花開萬里，葫蘆情裡笑顏開。

二〇一四年十一月二十七日

雞蛋炒木耳

黑茸漫路竟秋盈，黃菊團團簇精靈。
柔嫩細膩登高處，聽得堂下喝彩聲。

二〇一四年十一月三十日

雞蛋炒香椿

香椿芽嫩不識家，鄰里黃菜送香花。
攜手同歸千里路，生情萬世有光華。

二〇一四年十二月四日

雞蛋炒萵筍

山南萬點起飛花，亂蛋隨風滿天涯。
萵筍如玉佳人笑，青煙伴我自還家。

二〇一四年十二月七日

雞蛋炒銀魚

小小銀魚入玉樓，任憑香嫩萬事休。
把酒遙望他鄉事，忘卻東湖雨打頭。

二〇一四年十二月十二日

雞蛋炒蒜毫

青棒根根綠拌黃，和胃嫩軟下飯忙。
何止富貴大人家，也愛莊戶小菜香。

二〇一四年十二月十七日

雞蛋炒青椒

三色青椒爭弄豔，幾團黃蛋不戀春。
曾為贏台斑斕物，終是千家桌上君。

二〇一四年十二月二十二日

雞蛋炒小油菜

濃淡相宜葉戀幫，攜來雞蛋入兩廂。
雖說都是家鄉菜，成就萬眾有吉祥。

二〇一四年十二月二十八日

雞蛋炒蘑菇

小小菇婆嫩芯長，出身山野伴嬌黃。
惹得大戶空齋冷，齊聚廳堂品菜香。

二〇一五年一月四日

雞蛋炒榨菜絲

三枚明月入盆央，榨菜絲絲藏焦黃。
聽憑一聲鍋中爆，香飄十裡是故鄉。

二〇一五年二月二日

雞蛋炒土豆絲

絲碼堆翹花有鬧，黃蘭幾朵自得姣。
幾滴蠔油提精慧，香菜稀疏翠色瀟。

二〇一五年二月十日

雞蛋炒茄絲

驕驕紫色肉白鮮，入油便覺身段軟。
南來北往回頭客，不忘蛋裏茄絲鹹。

二〇一五年二月十三日

雞蛋炒菠菜

綠黝透過深沉愛，黃亮表明快樂心。
菠菜一把雖嫩稚，蛋香千里有遠親。

二〇一五年二月十五日

雞蛋炒莧菜

莧來紅遍鄉村路，又是一番野味香。
煌漾蛋沉無筋骨，但巧綠蔓有脊樑。

二〇一五年二月十九日

雞蛋炒芹菜

甘涼芹女有溫馨，內脂苷油化痛風。
謙遜明君黃脂淡，默然相許自隆中。

二〇一五年二月二十一日

雞蛋炒洋白菜

春心未滿玉甘藍，素手飛花未等閒。
憑著無盡殺菌力，攜金如錦萬千年。

二〇一五年二月二十四日

雞蛋炒香菇

江南山上有香蕈，散鬱花裙蛋笑顏。
幾個君子身後過，情留千載不回還。

二〇一五年二月二十五日

雞蛋炒秋葵

秋葵粒粒蛋花迎，粘瓣顆顆健體雄。
誰道西涼沒情意，傳來羊角報春風。

二〇一五年二月二十八日

雞蛋炒香腸

黃花紅瓣久稱王，山北山南灌臘腸。
經年韻味三千載，蛋裡又卷夢中香。

二〇一五年三月一日

雞蛋炒香蔥

翠香明暗掩黃堆，油浴蔥花抖精髓。
不聞下堂人語歡，未品鹹淡眾已醉。

二〇一五年三月十二日

雞蛋炒胡蘿蔔

燦燦紅絲伴柔俠，甜香嬌嫩走天涯。
有人追到關山外，又入宅門看蛋花。

二〇一五年三月十九日

雞蛋炒豆角

糰糰粒粒潤秋融，八面楚歌接地風。
男兒何懼艱難事，蛋裏豆角壯河東。

二〇一五年三月二十一日

雞蛋炒青瓜

殷實厚道數青瓜，牆外藩籬掛滿它。
一日偶遇香嫩蛋，歸根遊子回老家。

二〇一五年三月二十五日

七言律詩

羊肉燉白蘿蔔

玲瓏美玉臥混金，似陋白髓迷細炆。
心寒一尺夢生火，脈暖五路魂上心。
點點香荇催清欲，滴滴濃湯升悅音。
白旎軟嫩成奇路，南北豪傑並無分。

二〇〇八年四月十一日

螞蟻上樹（之二）

戀情肉粒香風生。千曲百迴迷路蹤，
攀枝用你平生意，鎖韁耗我半世情。
鮮鹹厚味好下飯，軟嫩清媚頓無形。
終身勞苦全無忌，美食宴酣笑東風。

二〇一〇年七月二十日

土豆紅燒肉

千年食物肉最鮮，葷芋紅燒共長天。
嫋嫋青煙家鄉味，娓娓細語親情甜；
齒香難忘沁心脾，舌綿留連裏姻緣。
踏遍九州尋樂事，紅燒一曲看遙山。

二〇〇九年六月十五日

肉末酸豆角

嫩黃銜綠豆兒酸，塗抹薑蔥紅半邊。
黃姜調味辛相秀，團肉裹汁嫩裡鮮。
農夫大口就貼餅，賢婦輕嚼伴米飯。
小菜南國走萬里，色香味裡有真傳。

二〇一五年六月二十三日星期二

煮毛豆

鮮綠軟嫩略帶鹹，當歌就酒豆莢翻。
暢言天地方倿暖，牢騷歲月不覺寒。
百般盛宴垂冷滯，一碟青豆惹聲喧。
擯去山珍海味香，攜來舊友話當前。

二〇〇九年六月二十三日

香辣牛肉

紅椒綠韭伴牛黃，野路輕煙思嬌娘。
依稀舊味懷老友，貪戀故里醉辣鄉。
不忘香絲麻辣日，常懷摯友忠義堂。
牛肉益氣壯腰骨，何懼西風逞冽強。

二〇〇九年六月二十五日

糖醋排骨

晶亮紅排眾目留，閱盡人間味如秋。
亙古膾炙有東府，萬世烹飪賽西樓。
紅燒排骨孕糖醋，露打蓮花滾珠球。
一日舊友相邀去，幾寸肝肝膽酒不休。

二〇〇九年六月二十五日

家常豆腐

家常豆腐落誰家？黑峰碧樹擁黃蔴。
澄黃焦嫩浴甜鹹，墨黑軟綿攜酸辣。
數支新綠游荒野，幾坨殘肉彈琵琶。
和衷共濟一盤菜，分享億萬百姓家。

二〇〇九年六月二十六日

皮蛋拌豆腐

斑斕五彩似錦霞，白玉微晶滿天涯。
蒼涼潤口謝黃粘，麻辣甦心感松花。
小兒大口就酥餅，么婆細呡舔鍋巴。
酒友一來三五個，三盤彩霞不思家。

二〇〇九年七月七日

水煮肉片

湯紅赤椒香辣菜，水煮鮮肉梅花開。
滿盤紅霞入陋室，一鍋白肉釋情懷。
寒雲五裡山外吼，溫情八方水中來。
民樂風清雨又順，宴光深處有雄才！

二〇〇九年七月八日

紅燒冬瓜

別有甘淡未稱侯。皮有白霜似冬休。
消暑解熱風月美，利尿卻腫涼山柔。
金黃潤色比西山，玉軟怡口看深秋。
老少皆宜香風彌，萬代水芝天不愁。

二〇〇九年七月九日

麻辣魚

麻辣香鍋川白肉，清嫩魚柳畫中游。
鮮薑散寒息風表，花椒明目降脂油。
健胃辣椒調品味，解毒芫荽送辛稠。
綸巾蒲扇邀相坐，回首人生話春秋。

二〇〇九年七月十三日

蝦皮雞蛋羹

黃玉蝦靈看育英，春風一路欲調情。
潤澄厚味滋縼袱，爍閃陳功輔廣穹。
蝦霧猶如落花雨，蛋液偏似錦江風。
怡孫別我相思淚，寒夜黃羹勝有聲。

二〇〇九年七月二十三日

冬瓜排骨湯

青山入潤攬香連，吹嫩溪音骨潤鹹。
冬片倚欄裝雅趣，綿香臥底扮清廉。
清湯濃濃舒饞觳，肥髓咽咽慰漏嵐。
飄起幾片香菜葉，氣死尋香過路仙。

二〇一一年一月十二日

鮮蝦炒西蘭花

赤綠黃白四色鮮，白蝦羞澀上宮蘭。
金殿之上謀亮色，茅室堂下話酒聯。
碧毯鱗次翔粉肉，紅牆櫛比派豪班。
若問何為長壽果，玉手系來一整盤。

二〇一〇年七月十七日

青瓜炒蝦仁

金紅綠羽畫蹤圓，汝嫩她鮮各自安。
殘月下影青瓜美，紅霞背襯白蝦顏。
清新香味穿牆去，瀟灑豪情入雲端。
娥眉薄汗絲衫沁，齒香一醉月登欄。

二〇一〇年七月二十一日

香辣肉絲

鮮嫩肉絲細如麻，香情辣意自還家。
不思半世燈紅綠，卻戀他鄉酒打牙。
細縷綿綿浮紫翠，濃情辛辛泛澄華。
醉鄉不聞金枝葉，唯攬辣肉思農麻。

二〇一〇年七月二十五日

香乾炒青菜

碧脂青衫白著玉，萬家燈下伴人生。
盧棚小鎮尋常意，大甲豪宅孤魂夢。
未忘送餐連倩影，還記伴酒詠歌聲。
小菜千古潤華夏，南北相思看真情。

二〇一〇年八月五日

韭菜炒蛤蜊肉

纖纖綠韭隨河蚌，白肉黃舌入短金。
味美凝香增雄力，鮮柔清爽益精神。
散瘀理氣活精脈，滋補溫中旺祖倫。
翠袖天寒饗夫君，笑看天邊火燒雲。

二〇一〇年八月二十五日

蒜蓉炒青菜

碧玉橫疊孕五州，瓊枝綠葉未盡愁。
零星浸味著白蒜，漫條裹鮮照瓊樓。
江山萬載依盡水，歲月無窮看金秋。
無常小菜暖世界，淡淡素雅四海遊。

二〇一〇年八月二十六日

炒三絲

亂扯絲條爭戀草，天涯霜後最風流。
脆焦騰軟翩芳至，幽嫩兼滑裹香遊。
絲絲縷縷傳夏韻，嬌嬌嫩嫩匯冬愁。
臥龍何須當空舞？入品三絲上層樓。

二〇一〇年八月二十六日

素炒茄絲

怡絲淡月味珠簾，素雅清容有柔賢。
紫果飄飄成雪肉，細茄搖搖舞長天。
村宅山野銷魂時，大院豪宅醉意翻。
樸素茄絲沃舊土，疏雲淡月走流年。

二〇一〇年九月一日

菠菜炒粉絲

客裡相逢見赤根，俊菠俏俏盼國魂。
梢頭翠玉迷芽萼，絲尾琥珀戀碧綸。
淡然炊煙波斯舞，蒸騰崗下龍口吟。
清香爽口迎春雨，滋孕康體撫瑤琴。

二〇一〇年九月十一日

肉片炒角瓜

廳堂轉午饑腸轆，樓畔清香美人來。
軟肉醬汁堂前笑。角瓜潤鹵楚心開。
芳思不戀山珍味，遺夢單愛野淡衰。
何故悲切人不語？難有冬寒角瓜摘。

二〇一〇年九月十三日

肉炒土豆絲

千年黃玉留英氣，世外番薯潤中華。
金卷絲絲藤縷亂，玉縷墜墜松骨斜。
瀟瀟秋雨催玲果，戀戀春風送豚紗。
今日漫點青紅絲，餘香情切配萬家。

二〇一〇年九月十四日

豆腐乾炒肉

嫩肉白乾攜翠友，豐年慰藉醬香鮮。
翩躚三炒成精巧，委婉一嘗做神仙。
村佬品茶憂患事，宅人悶酒雲遊間。
悠長琴曲人將醉，最是難忘肉香乾。

二〇一〇年九月十七日

雪裡紅炒豆腐

相間白綠秀叮鐺，五味滑風各短長。
殘月西樓藍橋遠，寒天暖室雪菜香。
偏身倚樓望街景，回首伏案盼玉湯。
多少豪傑紅塵裡，披星戴月念廚娘。

二〇一〇年九月二十七日

雪裡紅炒黃豆

碎翠嵐影滾玉蓮，蕻汁旗下夜風寒。
相思方看珠含淚，浸潤倍感菜中鹹。
銜色黎庶冬日樂，臥堂顯貴夏夜喧。
何須淚眼望寒雪，菜裏珍珠笑佛前。

二〇一〇年九月二十八日

榨菜炒肉絲

青黃嫩絲惹風流，重味涪陵匯五洲。
過路東風聞下脂，閒坐白雲欲上樓。
南北英雄爭相醉，東西豪傑戀離愁。
小菜一碟滋味美，餘情百尺萬古留。

二〇一〇年九月二十九日

菠菜粉絲湯

落絲碧葉又相逢，北場南田各西東。
自古仙湯悠長在，麗魂無語暖冥中。
粗茶淡飯溫情酒，菠菜粉絲伴夜燈。
壯志少年心遠大，瀲灩更見月分明。

二〇〇七年十月十日

酸菜排骨湯

三江北去淒涼月，幸有酸湯暖江山。
戀骨柔柔屏風後，飽油絲絲樹影前。
漫捲衣袖歎人生，輕搖羹匙做神仙。
春夏秋冬各有味，福滿恩報酸菜間。

二〇一六年二月二十三日

冬瓜丸子湯

池淺嫩玉未獨喧，風情更屬月肉圓。
清湯綺麗香無盡，翠葉波影熠有緣。
瓜潤六腑清正氣，肉嘗八官解心煩。
偷眼不覺口水湧，銷魂只待一瞬間。

二〇〇九年七月十八日

丸子湯大白菜粉絲

歲末天寒萬木枯，騰騰熱湯暖草廬。
濃香幾朵花如意，淡黃千縷葉聯珠。
寂寞北國蒼涼日，荏苒半世溫情途。
暖湯熏得情抒懷，順腸入腹百骸舒。

二〇〇九年十一月十七日

紫菜雞蛋湯

湯熱香飄驅醉意，八方老友聚寒宵。
七葷八素行流水，海味山珍動山搖。
忘卻人生窩心事，再品夜露熱湯膏。
紫雲黃蛋何富貴？唱起夷歌淚相交。

二〇一四年八月二十三日

酸辣湯

西南晉北酸辣湯，一碗蛋花走四方。
暗色人間瞧渾厚，味雜世上品短長。
恩怨如麻隨風去，酸辣勝酒自成章。
葷薰一刻雖銷魂，不及紫菜黃花香。

二〇一六年二月七日

豬蹄湯

自古賜蹄名及第，朱書提示捧香湯。
字頭字尾音同一，街裡街外話短長。
晶亮膠原千古嫩，乳白蹄湯萬年香。
世間萬物憑足路，誰思豬蹄貴成祥。

二〇一六年三月十六日

豆腐湯

方方君子潔如玉，無語悄然睡水邊。
淡淡周遭添潤色，滋滋面上染紅顏。
八般身手通南北，一曲真韻響天邊。
儘管葷素常伴有，清湯亮水是瑤仙。

二〇一三年九月十三日

五美湯

姊妹攜手入瑤台，斑花燦燦各自來。
無意相擁錦繡湯，有心未識美人懷。
素樸漁樵家常事，豪華貴冑眼未開。
五美成就人生路，坦蕩笑對彎月白。

二〇一七年三月六日

素湯

霜天萬物滿山嬌，綠葉紅花自畫描。
百果殷實接地氣，千蔬匯日對天嬌。
素湯情自山川裡，清飲懷向四海遙。
紫玉丁蘭黃花菜，巾幗自持逞英豪。

二〇一二年十月一日

四紅暖湯

纏綿紫赤相思豆，紅棗花生兩伴依。
四蘊鮮株生暖意，八方草民驅寒饑。
暖湯一碗清煩熱，世訓千年理市迷。
今日品嘗心暖透，虛體弱婦最相宜。

二〇一三年六月十四日

羅宋湯

海納百川成浩瀚，濃湯入主秀芙蓉。
黃油淡淡無魂色，紫果酸酸有靈空。
已醉紅顏明豔影，半酥配位盡香濃。
肉糜蘿爛隨情趣，自有千年豪邁風。

二〇〇七年五月十八日

黑木耳蛋湯

朦朧泉靜泛黃花，黑魂有形翠無暇。
葉底湯頭凝鮮氣，屋前廊下遇芳華。
黑耳嫩嫩清肺葉，金菊飄飄潤肝花。
一品山珍不為奇，融出湯水美萬家。

二〇一四年六月二十二日

胡辣湯

煙波雲下辣胡湯，好漢棚中汗自香。
醒脾利肝辛有味，清心補氣辣生光。
千年故事雖難盡，萬種閒情自周詳。
醬色肉粥阡陌樂，三江四海有名揚。

二〇一四年九月五日

蛤蜊巧達湯

昨日歸宅入南房，紅花依舊扮晚妝。
濃湯滿院英倫夢，紅花一支中華香。
黃油爭溶散至味，蛤蜊翻身已開腔。
千年晚雁歸來日，世界終究一廚房。

二〇一六年七月三日

鍋巴湯

梅林深處有神湯，村婦鍋巴燴菜幫。
康熙微服稱絕妙，巴人崖下自輝煌。
世上並無千般好，天下常有弱欲強。
別看鍋巴出身淺，原味賽過百穀香。

二〇〇九年十月十四日

洋蔥湯

葡萄美酒夜光杯，西轉東來潋湯肥。
碎片洋蔥柔女舞，香霧黃油滿園飛。
牛湯慢火舒心嗅，胡椒餘香韻靈蕾。
並蓄兼收嘗乳酪，人間不枉走一回。

二〇一七年二月十八日

高湯

各色高湯異短長，八番九地入菜香。
乳色常添蔥薑味，毛料勿忘鹹淡嘗。
夕陽輝灑成壯麗，月影孤懸並無疆。
成全他人無聲色，精華神韻貌不揚。

二〇一七年三月六日

五福臨門湯

元寶方方精肉釀，臨鍋未想伴絲條。
金黃一曲嘗豆色，絲餡半口品香包。
芳雨淋淋如知己，香雲融融沒至交。
五福呈上春秋意，葷素相間惠漁樵。

二〇一六年八月十二日

海參湯

刺黑葉翠浴皇湯，未曆姻緣滿院香。
擁錦何須繁花報，百姿偏在暗海藏。
凌空老雁空天噪，礁下海瓜惠黎鄉。
南鮑北參還眾議，從此魚蟹不張狂。

二〇一七年一月十六日

素什菇湯

四逸清華匯素菇，亦湯亦菜富窮廬。
衫履形備稱秀麗，方圓韻中話絲雛。
鮮草三片生薑畔，金針數葉滑子浮。
斑斕蔥花配香菜，一碗精良餉萬夫。

二〇一六年八月九日

骨菇湯

聯排香釋生萌意，簇簇松茸適口徊。
湯水一入添血氣，肉菇半抿自縈懷。
精華留骨增陰去，細膩靈蘑補陽來。
今日品湯歌一曲，再學菇寶孕精才。

二〇一七年十一月一日

南瓜湯

南番瓜引郁金湯，七貴八珍渡浙江。
除垢清渣排廢物，消食造血愈潰瘍。
保肝防癌腎恢復，營養免疫降血糖。
萬物江山獨有類，謝天謝地謝蒼桑。

二〇一四年九月十三日

山藥雞湯

山間鬱雅有芳潭，突兀斑岩肉香饞。
但見白石生絕後，回首綠芫染空前。
鮮有紅棗散甘露，常見枸杞俏紅顏。
父老東江通勤愛，雞湯山藥保平安。

二〇一五年二月二十六日

黃瓜雞蛋湯

片片翠圓含嫩玉，絲絲蛋花泛金黃。
清柔爽口迎開胃，綿嫩滑腔潤饞腸。
桌滿珍饈爭富貴，盆盛靚湯益城鄉。
青瓜幾片斑斕葉，勝似三月漫野香。

二〇一一年八月二十九日

蘑菇湯

絲傘柔仙獨自舞，江山暗處有新鮮。
何須千里尋佳客，慢捋方圓有甘甜。
湯下催情成韻味，堂前箸意變急弦。
不知菌體多新趣，何來食者謝炊煙？

二〇〇五年十二月十四日

大鹵湯

滿目秋光葉正黃，十全大補鹵湯涼。
紅橙黃綠青藍紫，咸麻酸甜苦辣香。
庶民羹湯伴米麵，達官豪筵涮肥腸。
生涯素樸茫茫路，歡喜人生似鹵湯。

二〇一七年九月二十三日

牛尾湯

黃精枸杞煨牛尾，廣府精華百年弘。
醬色聞吟生精氣，髓香服潤益壽星。
平添補腎充血脈，又惠澤肌悅面容。
何須再提牛肉好，千年無悔濟蒼生。

二〇一六年七月九日

鴨架湯

黃油輕漾漫香樓，鴨架蓮藕補春秋。
猶潤冬菇幹筍盡，精甘紅棗蓮子休。
清湯煮肉終有味，微火煲湯卻無愁。
慢看栗黃生愜意，鴨湯醉來滿江州。

二〇一〇年十一月九日

春筍火腿湯

晨入竹林避赤陽，筍尖肥厚滿籮筐。
玉蘭片片新鮮種，火腿絲絲老味湯。
雪玉新芽升睿氣，清雲熱片落淒涼。
回首依稀兒時事，無盡烽煙入蕭牆。

二〇一六年五月十九日

冬瓜湯

片片玉浮翔翡翠，花椒薑片伴春宵。
世事萬縷分主次，佳餚一桌看湯肴。
澤胎利水承新意，化痰解渴赴舊豪。
三更時夢清湯味，忘卻侍女穿紫袍。

二〇〇五年七月三十日

絲瓜湯

春分下種歷寒株，蔓下黃花長瓜顱。
翠色清湯祛熱火，溫柔暖流煨寒壺。
散瘀催乳平經氣，潤燥驅蟲去五毒。
一碗清冽絲瓜水，錦山萬里楚天舒。

二〇〇七年二月六日

莧菜湯

莧赤莧白分六色，千年野放不張揚。
蔥姜行味成伴侶，油醬調色爆清香。
行水滋陰知深淺，潤腸止咳各短長。
騷人自古無其趣，萬紫飛花自芬芳。

二〇〇六年七月十九日

玉米荸薺湯

嫩黃玉米有嬌甜，數粒馬蹄做小仙。
潤脂高湯添香美，藏精甘荀扮清歡。
砂鍋煲喚新天界，荒原江呼野馬川。
一飲盛湯前程路，坦蕩人生不艱難。

二〇〇八年七月二十五日

三絲豆苗湯

一泓綠影筍菇香，絲絲苗隱未扮妝。
亮色五湖尋舊旅，回眸三載再還鄉。
魂迷清心複有道，鬼使天高見陰陽。
淡淡豆苗新香味，人生何處欲徜徉？

二〇一七年二月十九日

魚丸湯

魚丸入水潔如玉，黃嫩蔥花故鄉雲。
盡是佳餚忘卻酒，偏有鄰里欲斷魂。
鮮湯泛底才入口，嫩丸開腔又扣門。
南鄉一曲琵琶月，魚丸湯裡看佳人。

二〇一六年八月二十八日

肉羹湯

東南一隅肉湯羹，雲色香風舞臺西。
偏歲牛羊成瑰寶，旁門粗細有驚奇。
魚香羹裡催鶯走，葉翠碗中扮萍移。
河洛客商更夜醉，忘卻江山肉羹依。

二〇一二年六月二十九日

奶白魚湯

紅綠黃白滿月樓，魚湯一碗竟消愁。
八番酒肉穿腸過，半勺羹湯暖寒秋。
蔬果潤白成美色，魚蝦瀝潤扮薑油。
如今天翻地覆日，何必再上五湖舟？

二〇一五年十月十一日

河蝦湯

河蝦漫浴薑河水，自有神仙尋徑開。
協力八方成秋韻，聚英萬紫是春靄。
遊蝦但覺河灘淺，翠玉豈知石裡埋。
千古桑麻多少事，暗香自有小園來。

二〇一六年五月二十五日

酸菜圓子湯

夾心肉餡醉如泥，尋客酸湯喚髮妻。
斑斑絲條鹹美漉，圓圓球曲淡香溪。
天寒飛雪荒野靜，滿堂騰霧琴瑟急。
酸菜圓子趟世界，骨湯擯去傷心衣。

二〇一六年十二月七日

海鮮湯

海鮮自古未妄言，精靈無蹤水下翩。
蛤蟹魚蝦承厚味，魷藻貝鮑不一般。
八方食友斑斕海，一抹驕日豔陽天。
上蒼潤物千秋古，無人知曉話因緣。

二〇一七年三月二十四日

牛肉湯

牛湯味齊且萬方，孤俊西漢淮南香。
張政清宮調新鹵，劉道漢室出華章。
甜味輕薄妝淑女，咸色盛豪偉陽剛。
紛繁百料衡各趣，怡性養顏各短長。

二〇一六年三月三日

大醬湯

萬里北國行古韻，家家冬裡孕大缸。
醬花泛韓朝滿戶，月牙勾庭蓋中黃。
君臣百姓心中寶，鼓瑟簫琴夜曲香。
長歌一曲人將醉，喃喃細語要醬湯。

二〇一四年六月二十七日

胡蘿蔔羊肉湯

吳公掩門緣何故？欲恐異香溢樓臺。
紅卜生性容鬼使，嫩羊初散縱神差。
何懼臘日風雪夜，體慰陋室暖雲靄。
滋陰補中增厚意，健力開胃目明開。

二〇一六年三月九日

生蠔湯

翠萍漏下玉蠔頭，已是凋零落葉秋。
鮮蠣圍湯生新味，苦風驅雨落新愁。
香菜生薑走村舍，胡椒大蔥上門侯。
四海神開殼中玉，鮮香滋潤漫九州。

二〇〇六年十月二十八日

花甲苦瓜湯

食神一指花甲湯，瓜苦丁悠綠若鑲。
解熱安神平半水，清毒壯陽理兩廂。
仙草新泉成美色，神山老壁展輝煌。
腋下花甲盡福報，苦瓜絲裡有吉祥。

二〇〇五年九月二十九日

腐竹木耳湯

滿桌魚肉盡葷黃，一度清風霧裡香。
不知腐竹和為貴，卻看木耳瑞成祥。
素湯淡淡上情趣，大腹便便下舒暢。
幾粒海米提鮮味，原來世界有陰陽。

二〇一五年四月十六日

西葫蘆菜湯

萬般素果送清白，淡潤滋滋暖雲來。
葫蘆片片舒情欲，番茄殷殷唱秋懷。
蛋花成就春屏秀，香葉點綴夏錦裁。
一碗清湯和五味，三餐伴侶頌高臺。

二〇一七年八月十九日

胖頭魚湯

浮湯山水話黑鱅，健腦催奶益生靈。
宅俊盛日經歲月，脂溶仙水承香風。
白菇青葉聯玉璧，黑豉黃薑伴月融。
才為新歌奏一曲，魚湯影裡石榴紅。

二〇一七年十月五日

黃花菜炒木耳

如蚯黃玉甬黑梁，木耳絲絨溢華章。
莫道山鄉無海味，還情花蕾有良方。
霧中嶺下情何在？朽木根邊花未揚。
百年祈求未可遇，鐵鍋一炒自端祥。

二〇〇四年十月三日

洋蔥炒雞蛋（之二）

黃花依依臨白玉，嫩香悠悠伴紫泥。
月缺盼夫歸堂下，日暮潛心繪宴席。
噴噴醉人一簾風，幽幽離魂兩情依。
最是溫馨相伴酒，蛋炒洋蔥更相怡。

二〇一〇年八月二十八日

詞與曲

排骨煲山藥

清談之風點翠紅，排肋透香風，
晶瑩白玉潤腸宮。
望西東，色新味雅不朦朧。
誠譽九州，味眷華夏，
思鄉月明中。

調寄【越調・小桃紅】二〇〇九年五月二十日

紅燒蘿蔔

滑透晶瑩，醇香獨辟，淺潤嫩顏殷紅。
小碟無語，默默憶河東。
風雨當年肆虐，少年郎、疾苦遼中。
遇農人，善心贈蔔，入醬沐春風。

五十年漫道，滄桑歷盡，苦辣終窮。
慢回首，無匿達人豪筵。
千古興亡多少，唯平淡、歷久中庸。
蘿蔔嫩，凡蔬素果，世代總相逢。

調寄【中呂・滿庭芳】二〇〇一年二月二十六日

番茄燒冬瓜

玉紅柔、體味益甜。
創始吳人，寵北鹽南。
入肺涼心，利尿消臃，消渴止煩。

入蒜香，飄百里，將軍下鞍。
看鄉里，走東鄰，笑了炊煙。
兒女爭咸，夜長悠然；小菜常陪，換了朱顏。

調寄【雙調・折桂令】二〇〇一年二月二十七日

紅燒茄子

深秋茄色亮，凌元寶、再看玉如熙。
蒜蔥薑如花，閃亮添味。
浴油紅英樂，幾重焦衣？

歸一夢，齊民燴精法，太守吹早笛。
食素美啖，忘難遐想；
色香涎垂，美味白泥。

調寄【風流子】二〇〇二年三月一日

紅燒獅子頭

青碗紅珠，亮晶邊翠，朦朧香嫋漣漣。
銷魂四喜，千戶共纏綿。
南北吉祥佳作，自淮揚，妙手神變。
月光裡，廳堂臺上，古北盼炊煙。

隋緣，蘊四景，江南膾炙，葵肉歸丸。
郇公揮獅印，百諾升天。
底處歸心已，代頻傳，輩輩相歡。
莫回首，高堂一顧，攜喜景依戀。

調寄【滿庭芳】二〇〇三年三月八日

東坡豆腐

金黃如玉稚如酥，焦嫩光鮮佐料足。
黃州上選料，北宋才子著。

清江上溯典故出，益中五湖脾胃舒。
家喻戶曉傳千古。

調寄【雙調‧沉醉東風】二〇〇三年三月二十日

雞蛋炒番茄

金黃嫣紅賞心，酸潤甜口，子開彌新。
口裏春麗，餘味醉我，何須酒樽？

杖籬草色殷殷，黎民夢也薰薰，
無缽無金，皇天鋪路，自得怡心。

調寄【雙調·蟾宮曲】二〇〇四年三月二十一日

涼拌海帶絲

清爽黑絲圖，汪洋散綠紋。
偏好益百脈，竟曆泛海裙。

八味升暗花，墨玉龍宮載仙魂。
酸甜鹹辣，踏破萬家也出不了門。

調寄【仙呂·醉中天】二〇〇四年八月十八日

燉白菜豆腐

從來萬家桌上菜，華人千秋尚依存。
蓋過了百菜風流，贏得那金秋美名。
長久如賢妻在側，敦香造就了百輩凡人。

調寄【中呂‧十二月兼堯民歌】二○○四年八月
二十日

雪裡紅燒豆腐

濃綠綠漫白玉，碎紅紅染碧簾。
巧婦烹良菜，壯漢美心弦。
田園佳餚，卻憑著微辣好下飯，
歡得那山珍海味沒胃口。
捧起那清廉宮廷菜，笑得我糟糠心裡甜。

調寄【南呂‧一枝花】二○○四年九月三日

紅燒排骨

骨濃湯，肉嫩長。
夢回千里，難舍醬香。
烹飪十技，百味無疆。
天鍋燒紅匯夜宴，玉碗三番又盡湯。
補血生精壯。
南北漫話，技燦八方。

調寄【中呂·普天樂】二〇〇四年九月十日

青椒炒土豆絲

絲黃玉，碧椒婆。
楚香可口家家做。青紅好色，馬鈴炫窩。
月月上餐桌。
南北大菜雖高貴，未可入鄉惠饑婆。
忙忙的選水靈，急急的找新剁。
朋友到，流霞出鐵鍋。

調寄【越調·柳營曲】二〇〇四年九月三十日

回
鍋
肉

　　紅亮，酥軟，味兒鮮，心裡甜。
　　桌前房後人來往，全因你嘴巴饞。
　　人見了人愛，客見了流連。
　　誰還有空忙什麼事由，頓覺得饑腸轆轆，兩眼發
直，
　　不由分說占位迎上前。終享得了五脈舒坦。

　　調寄【中呂・朝天子】二○○四年十一月十八日

炒
蒜
毫
（
薹
）

　　翠莖如玉纖窈窕，
　　嬌配百味，雅俗瓊雕。
　　臘肉青絲，豆干紅伴，黃玉清炒。

　　奴本胡洋野味，中華還我真貌。
　　千年呼喚，萬里遙遙，也未徒勞！

　　調寄【雙調・折桂令】二○○五年二月十六日

虎皮尖椒

椒果浴油臥青蟾，

條條嫩背畫虎斑。

無視山珍海中味，

百年跡，尖椒原味慰神仙。

美人紅酒心尤戀，

千山飛來西邊雁。

達官草根無歧見，

華人智，譽滿千秋家常飯。

調寄【漁家傲】二○○五年三月十一日

香菇油菜

菜似翠玉，菇如佛頭。

濃汁山珍摟綠油。

百味年年吃不盡，

歲月無盡歌舞樓。

萬畝油菜，無盡菇丘。

眾生芸芸謝春秋。

無華真情悲憐憫，

玉佛萬古愛神州。

調寄【踏莎行】二○○五年三月十三日

北京烤鴨

肉香千里，紅潤脆皮，
全憑那果香紅炭。
行客千里憧景，望爐悠轉，心無憾。
回首京都，達官政要，
荷葉裹鴨功名院。
如今天下，升平尤萬里，鴨香村畔。

遙想當年，遼金元，馳騁江山。
將士狩獵野鴨，大營深夜璀璨，霸業炫。
可汗入中原，藝精百個味變，爐香降豔。
彈指千年，京味綿綿。

調寄【曲玉管】二〇〇五年三月十五日

家常燉豆角

輕盈滿架，蔓蘿生。綠枝懸豆。
嫩莢彎，南藤刀茶；膨皮氣秀。
碧脂豆萁爍日月，疊踵人群醉千秋。
疏雨漏，暢享芸豆瘦，花天就。

一簞漿，半壺酒；老少爭，燜扁豆。
平凡菜，歲歲育春秋。
素樸佳餚無功名，豆莢依舊滿花樓。
何為貴？千年人真愛，夢難休。

調寄【滿江紅】二○○五年三月十八日

家常泡菜

胭脂融融承玉影，紅斑灑滿柔中。
果香四溢送長風，
甜鹹酸辣脆，五味傲蒼穹。

憐香惜玉清奈久，銷魂時，忘西東。
佳餚萬千無相比，
山中樵老漢，自樂上九重。

調寄【臨江仙】二○○五年六月八日

清蒸白鱸魚

盈水碧江東，五月鱸湧。
望斷千家炊煙重，魚香彌漫煙雨裡。
膾美忘宗。

鹽調鮮味濃，青絲伴紅。
經年百代人人寵，海角天涯難忘懷。
美味天生。

調寄【浪淘沙】二〇〇五年六月十八日

東北地三鮮（之一）

油光光色彩真亮，晶瑩瑩五光炫晃。
味咂咂香酥嫩滑，樸實實百姓欣賞。
你愛的也麼哥，我愛的也麼哥，三鮮過後入夢鄉。

調寄【正宮・叨叨令】二〇〇五年六月二十二日

東北地三鮮（之二）

朵頤大快，豪爽飛揚，算野路相知。
三江上下，盡人就，不下舞蜂蝶癡。
憨材素料，倨濃豔，心清有志。
亭上風，捧台下酒，三鮮成就氣勢。

土豆茄子大椒，逞韶華鮮翠，也屬天嬌。
東坊初紅，塵還靜，大廚已伴煙飄。
黑土孕靈，寒夜裡，三鮮譽高。
淳樸村落飛玉詩，難怪魁偉俊豪。

調寄【瑤花】二〇一二年一月九日

椒鹽蝦

江海幽靈徊，疏影彎月來。
油浴椒鹽看紅袍，
怪？何味漫香霾。
謝天恩，海味勝山珍。

調寄【南呂‧閱金經】二〇〇五年八月二十九日

炒洋白菜絲

霜天殘月掛西樓，

高朋滿座，紅葉金秋。

山珍海味，佳餚依舊，未顯風流。

嫩玉金絲，美味三遭不夠。

五百年前，洋菜入主無先後。

營養王后，甜嫩味爽，終成一秀。

調寄【雙調・折桂令】二〇〇八年九月十二日

拌茄泥

紫矮瓜，遍山河。

烹飪巧技天下多。

葷素燒炒，煎蒸紫盒，

茄泥醉風波。

淡淡的齒間留香，

素素的腸中快活。

鄉間百姓愛吃，城裡千家常做。

蒜香溢，千年不蹉跎。

調寄【越調・柳營曲】二〇〇八年九月十三日

栗子雞

曲兒之一
雞兒香，栗兒綿；
紅亮佳餚有甜鹹。
把酒人生望長安。

曲兒之二
風兒吹，雨後寒；
北國風味家鄉宴。
難忘慈母鍋臺轉。

曲兒之三
湘人強，湘人悍；
板栗煨雞金不換，
土鄉苗寨酒又酣。

調寄【雙調・壽陽曲】(三首) 二〇〇八年九月十五日

涼拌木耳

朽杆玉立滿靈蛾，黑絨秀溫和。
萬家滋潤木耳婆，銷魂常有歌。

青紅伴，華人說，千年鑄長河。
墨玉嫩脂酸辣過。代代美心窩。

調寄【阮郎歸】二〇〇八年九月二十一日

熏魚（五香熏魚）

醬香魚，回首羞紅面。
食不忘，世代相傳。
蘇杭人家，先投路，戶戶早餐飯。
秋風起，魚肥倉滿，
天涯思鄉，一盤熏魚思戀。

草青鯉鯧， 鱸黑鯛暗香辨。
魚入味，妙法爭豔，
其滷汁，南北異，色澤均齊燦。
望神州，千年古國，
美食生香，信手風流便現。

調寄【採蓮令】二〇〇八年九月二十五日

番茄燉牛腩

不爭山珍，莫戀潮汛。
番茄牛肉席間俊。
紅彤彤，肉嫩嫩，

滋味流連何人吝，
失了身分，銷了人魂。
哥，抹紅唇；
姐，面如春。

調寄【中呂・山坡羊】二〇〇八年十月三日

木耳山藥燉雞湯

湯色鮮妙，孤品位自高。
秋風送雁愁腸斷，香湯慰瓊瑤。

把酒行，人見老，幾度歡愉有良宵？
雞湯淋漓盡致，不枉木耳山藥。

調寄【清平樂】二〇〇八年十月三日

水煮牛肉

役牛肉，飼鹽工。
靚麗五彩，古樸清風。
麻辣厚，眾香擁。

賞心悅目秋寒中，
汗襟不覺未鳴鐘。
重斟酒盞，水煮香濃，
東風也相擁。

調寄【中呂・普天樂】二〇〇八年十月五日

麻辣燙

五色爭豔，蛋丸肉菜香，蹈火赴湯。
蒜泥薑末，芝麻綴錦裝。
販夫走卒入席，達官貴人競酒觴。
百姓創，千味小吃，萬朵霞光。

寒雨疾風掃面，攜來青樽酒，麻辣燙香。
萬紫千紅，一鍋燦其漾。
翻滾百味湯波，猶如人生話梓桑。
再回味，任心怡口爽，幾度重陽？

調寄【雙調・驟雨打新荷】二〇〇八年十月十日

醬牛肉（之一）

清香一聲逍遙吟，醬香牛漫筋。

錦透嫩黃肉彌鄰，酒已陳，

只需大碗論古今。

不歎文淺，何須財深？執箸年年新。

調寄【越調・小桃紅】二〇〇二年十月十三日

醬牛肉（之二）

真筋頭，玉食百味尋真秀。

沉香難忘相伴酒，風月金秋。

名利場，丟腦後，

是非海，堪拂袖。

牛肉香香，千年依舊。

調寄【雙調・殿前歡】二〇〇五年十月十八日

滷豬手

褐皮正味鹹，嫩筋卻貪婪。
鹵香油亮滿桌前，玉台玲瓏鮮。

天地俯仰爭觀看，乾坤輾轉又垂涎，
把酒雲天邀日月，豬手嘴裡填。

調寄【正宮·醉太平】二〇〇八年十月二十四日

洋白菜炒粉絲

晶瑩粉絲咸，元白味更鮮。
烹飪稍稍長，不覺有點甜。
千家萬戶喜，大街小巷饞。
人人都愛吃，營養又價廉。
下酒，如春風拂面；
就飯，似龍入深潭。

調寄【雙調·雁兒落得得勝令】二〇〇八年十月十五
日

溜肝尖

翠瓜紅椒，香菇木耳，伴著肝尖輕歌。
千年配伍，當今不囉嗦。
醬香魯菜知音，常回味，漣汁香淖。
曾記否，婚殤嫁娶，肝尖上餐桌。

明目，補氣血，抗衰壯體，身心良多。
美食相伴我，快樂難說，
攬卻三江四水，沖不走，童年心魔。
天將晚，何懼風寒？肝尖慰家國！

調寄【中呂‧滿庭芳】二〇〇八年十月十六日

蘿蔔粉絲湯

醉別大餐不計數，菜品萬般，蘿蔔湯尤慕。
淡雅清新順五路，益身宜體情七護。

孕味粉絲攜淡爽，絲嫩萊菔，涼夜暖心芳。
順氣流年光景好，恍如暖水入涼江。

調寄【蝶戀花】二〇〇八年十月十七日

清炒蝦仁

青山綠水風情麓，紅蝦白肉山鄉顧。
風雨未覺淒涼路，似有林泉潤草露。
美得我也麼哥？美得你也麼哥？
斜陽笑看春雨注。

調寄【正宮・叨叨令】二〇〇八年十月十八日

爆炒牛肉絲

嫩絲肉香沐清風，西山牯牛秀真情。
火爆飛勺汗瑩瑩，忘卻了功名。

飽諳華夏烹飪事，入秋深林寫俊英。
初冬山色又空濛，肉絲味多濃。

調寄【雙調・水仙子】二〇〇八年十月十九日

紅燒排骨

金紅醬香，夫子玉漿。

嫩肉津威，形色高堂，陋室輝煌。

補中氣，暖虛涼，

千年百代，吃了排骨忘憂傷。

調寄【中呂·上小樓】二〇〇八年十月二十五日

紅燒肉

軟香紅肉終不忘，甜鹹迷口叩上蒼，

山宅野徑漫芬芳。

東坡烹豗尖，大夫爭品嘗。

萬古豬肉香。

調寄【中呂·紅繡鞋】二〇〇八年十月二十七日

醬豬蹄

油光晶瑩紅皮香，補骨發須長。

舒筋黃金帶，勁軟紫蘿梁。

真也賽得過那「紅扒熊掌」。

調寄【雙調·清江引】二〇〇八年十月三十日

紅燒鳳爪

同是雙足，彩鳳青門尋芳草。
換來千般嫩筋肉，香伴炊煙嬝。
紅亮枝丫爭俏，味八仙，醉忘天高。
對酒流年，天涯鄉味，萬里魂消。

醬沁小吃，南北烹飪各依嬌。
秋燈春月不同時，各自顯妖嬈。
一樣膠原歸了，華人藝，環球漸曉。
美食芊芊，人生豔豔，再尋鳳爪。

調寄【燭影搖紅】二〇〇八年十月三十一日

茶雞蛋

馨香淺鹹，滑旦晶盈，金盆香葉欲說。
清苦人家，達官富甲，相思平生難遏。
清茶塗彩，鹽醬添味，調料潤色。
嬌兒乖女，舔嘴咋舌，流連烹鍋。

路遙千里愁多，露宿風餐，饑寒交迫。
囊中茶旦，餘香如訴，慰藉疲憊心窩。
鴻門大宴，空相戀，金縷南柯。
紅皮茶蛋，多情伴我，縱攬山河。

調寄【慶宮春】二〇〇九年五月三日

煎荷包蛋

圓圓燦燦，黃月白蓮。
雙珠輪嵌有情炫，荷包嫩滑潤心脾。
秀唇尤添香未散。

凝脂京華，嫩香人間，
滿月皎然呈金燦。莫與燕翅爭高下。
夾饃伴餅有甜鹹。

調寄【踏莎行】二〇〇九年五月四日

攤雞蛋（攤黃菜）

澄澄黃菜呈金軚轆，點點翠玉附。
若無香霧，不覺盤中物。

何來垂涎一路，望菜猶如洪水注。
家人湧入，瞬間空盤酷。

調寄【關河令】二〇〇九年五月八日

紅燒雞翅

廚樓暮雨飄香霧，紅嫩雞翅寫秋賦。
老少欲銷魂，相思千萬唇。
玉壺重添酒，豪情翅尖走。
雨盡曉光開，何日君再來？

調寄【菩薩蠻】二〇〇九年五月九日

醬豬肝

褐斑沉香豬肝肉，調劑食味各春秋。
不談補血潤膚色，偏得護目解憂愁。
送喜宴，陪醉酒。萬戶千家曲不休。
盈盈春風吹又皺，清新醬肝萬古流。

調寄【鷓鴣天】二〇一〇九年五月十八日

洋蔥炒雞蛋（之一）

五彩斑斕嘴兒饞，

忙不迭，見空盤，眾人喧。

不由得廚房再忙繁，

絲絲品甜鹹，正是搭配好下飯。

調寄【雙調・潘妃曲】二〇〇九年五月十九日

苦瓜炒甜椒

一盤翠綠秀涼秋，紅黃甜椒潤芳喉，

參差巧味竟風流。

清心脾，明目秀，壯循環，卻癬瘤，

降血糖，郎中羞。小菜解千愁！

調寄【雙調・水仙子】二〇〇九年五月二十三日

（翡翠銀芽）豆芽韭菜炒火腿絲

綠葉，白芽，配上火腿如花。

味切口感神韻發，營養千秋罷。

不似山珍，未及魚蝦。

曆遍錦食家。導滯，散瘀，辛香唱天下。

調寄【中呂・朝天子】二〇〇九年五月二十三日

黑木耳百合炒西芹

月下對酒不寂寞，碎玉銷魂，

嬌容登桌，晶墨翠羅。

悄然有心，默契欲說。

一尺白盤寫秋意，萬里風江不蹉跎。

樸衣素果，色本妙多，

千村萬代愛如子，猶如彎月夜穿梭。

調寄【雙調・折桂令】二〇〇九年五月二十六日

麻辣魚片

白肉嫩，紅椒靈，相交醉鄉贏。
凝脂漾漾調情，疏紅翩翩心嚀。
為了兒孫遠行，麻辣魚片盛。

調寄【商調・梧葉兒】二〇〇九年六月五日

豉汁排骨蒸南瓜

滿目堂皇肉尊玉，一派豪氣。
豉汁潤味金瓜律。
誘食欲，三江吃不膩。
嫩香綿甜催人去，健養理順闔家聚。
殘羹冷，邀月續。
再添一盤，看排骨紅玉。

調寄【正宮・小梁州】二〇〇九年六月九日

螞蟻上樹（之一）

千絲系香菱，萬縷綴金登，辣花染色抹香凝。
妹，莫急添飯再沖。
舉箸看，樹上螞蟻瘋行。

調寄【南呂‧閱金經】二〇〇九年六月十日

蒜蓉麻將拌豇豆

似蘆芯嬌嫩翠苗，褐縷玉人，蒜香添料。
柴荊人家，達官富甲，秋香一報。
百代烹飪千重技，一片清新勝白描。
輝煌歲月，麻香飄飄。

調寄【雙調‧蟾宮曲】二〇〇九年六月十二日

水煮魚

如血猩紅，潤白玉，潛盆暗凹。
香彌漫，如酥麻辣，嫩醉迷滑。
江草清鱸黃月妒，澱鱧湖鯉彩雲誇。
怠慢侯，一品眾人爭，雲入霞。

渝北起，三江夾；江南盛，塞外花。
水煮魚添彩，鄉坊文化。
迴夢離別多少日，魂消一盆又歸家。
遊子吟，食少小風味，行天涯。

調寄【滿江紅】（變體）二○一○年十月十一日

土豆燉排骨

白芋浸骨，綿香銜泥，情味暖相留。
爛肉飛紅，濃香邀月，汗沁驅風候。
何須判定孰嬌軟？綿骨卸殘油。
下里巴人陽春祭，醉廊月，是情由。

調寄【少年游】二○一○年十月十五日

蝦皮雞蛋羹

嬌嫩燦黃羹欲滴，不禁嬌兒撲抓泥。
滿臉鮮香銷魂唱，離歌還盼有情依。
蝦皮調味口感細，勺勺流連戀齒迷，
不忘慈母盡心事，賓客驚見淚漓漓。

調寄【少年游】二〇一〇年十月十五日

麻辣土豆絲

漫捲瓊絲，蒜丁熏細柳，微探麻辣。
黎民愛達人捧，拾玉千家。
京城酒肆，下人頭、簇湧閒瓜。
回鄰里、翁嫂垂青，百姓清飲閒茶。

翠陌風清如故，恰是平凡伴，彌足無價。
馬鈴連年笑我，風雨黃花。
無言奉獻，難盡數、未見恩誇。
秋雨送，神臨四海，麻辣土豆絲滑。

調寄【漢宮春】二〇一五年十月二十日

紅燒雞翅

豐腴嫩香閉秋忘，家家廚樓亮。
殷虹脫骨醉留人，八裡農家雉翅裹饞魂。
隱約夢迴少年友，無奈天涯走。
悲歡離合春常在，玉碗紅籌育我中華菜！

調寄【虞美人】

香辣牛肉

紅花翠心點香宴，嫩肉掛秋寒。
流鶯碎語麻辣嫌，汗雨兩頰間。

天淒冷，人心盼，香辣牛肉鮮。
依稀歲月思紅顏，獨酒夕陽山。

調寄【阮郎歸】二○一○年十月二十二日

古老肉（咕嚕肉）

象偶煎油，食於閩粵，酸甜潤脾追肉丘。
再看唐人來客，重點昨盤，樂不休。
渺渺天涯，辰辰家世，流年千載根依舊。
黃昏豪雨，洋人百里做客，古老肉。

又想豚香，八幡佳作任芳留。
欲何想蘸金縷，只須滋味長謀。醉風頭。
盼節年佳日，客宴飄香任遠，脆點古老，
嫩肉甜酸，美透金秋。

調寄【曲玉管】二〇一〇年十月二十四日

香椿拌豆腐

青玉媚芽椿味入，窈柳爭鋒，敗絮空搖妒。
三月陽春花滿樹，小徑香風魂無處。
笑語歸宅鄉宴酷，香椿豆腐，一縷春風入。
時令清明節群碧翠，呡鮮嚼嫩香椿配。

調寄【蝶戀花】二〇一〇年十月二十五日

薑汁藕片

藕蓮神造，玉靈晶瑋。嬌嬌美色藏泥偎。
孔八潤味有甜咸，璧白甘透娓娓脆。
暖胃薑汁，沁心辣燴。朴潔小菜凌花妹。
山珍除卻不見寶，薑汁藕片美人歸。

調寄【踏莎行】二〇一〇年十月二十五日

蒜苗炒豆腐

春苗零落裹白方，清新綿軟醉雲觴。
晚風吹得樓庭暖，一縷悠揚是暗香。
玉沉情懷幽草涼，重思故園憶家鄉。
小菜勾來少年魂，夕陽無語自悲傷。

調寄【木蘭花】二〇一〇年十月二十六日

蒜蓉蒸絲瓜

翠瓜玉芯點桔紅，軟嬌細嫩配新容。
香綿娓娓戀人口，雲淡高天月更明。
農家菜，世間情。今宵無意去匆匆。
誰說瓜蒜無情物，千載依偎暖心靈。

調寄【鷓鴣天】二〇一〇年十一月二日

拔絲地瓜（番薯）

絲亂纏晶玉。
亮澄澄，怡心賞目，晚秋新趣。
紅苔綿甜黃皮香，看笑稚兒忽聚。
食如風，韻情難縷。
歡樂闔家人更美，謝廚娘，千杯萬盞續。
外焦嫩，魔山芋。

似憨粗秀美內玉，柔情壁、
卻癌益心，抑消渴慮，營養千般鍾匯廣。
歎紅薯勝廣綠。
少兒戀、耄耋來去。依舊東風過寒室，
送拔絲，已是魂如蜜。
誰讚歎？誰將拒？

調寄【賀新郎】二〇一〇年十一月五日

紅燒茄子（二首）

（一）

紅潤茄紫味奇香，爛糜糜，味香香。

汁紅澤燦，勝百菜千湯。

鄉野惠及孤老處，高宅美，陋室芳。

（二）

秋風催我又還鄉，路遙遙，山蒼蒼。

紅燒茄子，慰我去悲涼。

故舊人生情已淡，兒時愛，永難忘。

調寄【江城子】二〇一〇年十一月六日

涼拌金針菇

細頸圓頂菇，翠幕黃簾飾。

紅綠黃白五色彩，無疑天上賜。

進口脆嫩鮮，入腹除血滯。

小菜回頭拜三拜，恩典尋常事。

調寄【蔔運算元】二〇一〇年十一月七日

涼拌雞絲

曲曲絲玉，孕來五味蓮。

雞肉悄悄作聖賢

縷絲芹，胡蘿蔔染殷脂。

窺芫荽，鹽醬椒油輕戀。

無須又感慨，嬌嫩百味，高雅濃香靜心亂。

自古興亡事，利益紛爭。

食為大，何須長歎？

恰涼拌雞絲俏清風，

看舒眉信眼，健康是岸。

調寄【洞仙歌】二〇一〇年十一月七日

番茄炒西蘭花

翠花如玉桂枝燦，番茄舞紅。

豔彩雙飛，攜手千里訴愛情。

酸心初戀靈裙舞，寫意蒼穹。

真誠無暇，潤物無聲慰眾行。

調寄【採桑子】二〇一〇年十一月八日

香辣海帶絲

海帶絲，綿辣鮮嫩，花椒芥末生抽。
老醋調韻味，蒜薑托厚，醬蜜芳留。
褐藻棲藍海，廣袤袤、內蘊天佑。
福祉億萬人，隆成體健身瘦。

成就，豈止萬家，海內外、一曲風流。
古人藥食中，理氣活血外，健脾痰收。
海上墨玉菜，深深愛、流連心頭。
看天下、泱泱海寶，浩蕩春秋。

調寄【鳳簫吟】二〇一〇年十一月十二日

絲瓜炒豆腐

翠玉白石結新環，清新俊美青花纏。
不知人間品味鹹。河間老朽一壺酒，
秋月霜天瓜棚間，清風樹下夕陽甜。

調寄【浣溪紗】二〇一〇年十一月十五日

絲瓜炒雞蛋

嫵媚絲瓜，抱金鑲翠成一統。

清涼利尿，通經又消腫。

秉燭相識，曲曲月彎拱。

又相見，蛋香充溢，何須再爭寵？

調寄【點絳唇】二〇一〇年十一月二十三日

蘿蔔乾燒毛豆

豆綠幹青，汁濃沛沁，幾番相濡綿綿？

點點滴滴，繁華千縷嬋娟。

甜咸攜伴佳人美，願如許，家滿人歡。

醬著紅，軟蔔豆香，一解嘴饞。

重遊鄉堡迎春色，看風搖河柳，戶映炊煙。

攜客對酒，毛豆蘿蔔交豔。

倦客見菜新猶老，唱新曲，老調流連。

莫等閒，醉了昨日，贏了今天。

調寄【高陽臺】二〇一〇年十二月十四日

韭菜炒雞蛋

新韭絲短，俊顏黃菜，霍得一場姻緣。
纖纖翠葉，勝萬方藥泉。
溫補肝腎降脂，清血瘀，腸蠕胃喧。
清愁欲，媚眼憐憐，陽剛退春寒。

汗顏，難為過，何物相配？妙曲纏綿。
合掌謝祖先，無骨滑蛋。
韻味千般絕唱，華人享，萬古流連。
天邊曲，感恩足下，涼夜伴孤眠。

調寄【滿庭芳】二〇一一年一月一日

油燜大蝦

青蝦游四海，閱蒼茫，過流千溝闕。
於今烹案頭，紅袍大國，規秀蜷首，軟嫩汁悅。
情意切，千載貴人心，眾盼夢未滅。
佳餚又啖，甘露潤田，老少皆喜，廚娘拜別。

齊魯達官宴，俱往矣；百姓布衣夢蝶。
潤滋五臟六腑，甘美百疊。
幸天地翻轉，眾生有顏，盛世之秋，人人豪傑。
油燜蝦味香濃，茅舍邀月。

調寄【風流子】二〇一一年一月六日

金針菇青椒肉絲

淡色晶油，白條翠裏紅條。

細纏香，愁退怨消。

下飯良伴，良酒配佳餚。

酒醒時，餘味飄飄。

斑斕色亮，入口竟品逍遙。

花開落，千針連朝。

撫琴高歌，贊天地千載。

看三絲，彩雲吹簫。

調寄【謝慈春】二〇一一年一月八日

西芹蝦仁

球蝦幼，嬌嫩臥芹清透。

淡滋味，卷面羞尾，異域滄田變桌秀。

不爭龍頭選，笑卻鳳凰枝頭。

素心留，慰藉婦幼，恰似紅蓮豔汙溝。

英雄隨風去，江山社稷久，小菜風流。

紅椒漫綴催情驟。

憶海底同僚，各奔前程，感恩浪裡方舟。

以此照春秋。

西樓，重陽後。

老翁喜壽誕，眾友連連，西芹蝦仁美悠悠。

戀別全聚德，醉眼回眸。

如是相思，千古情，漫無休。

調寄【蘭陵王】二〇一一年一月八日

蒜蓉油淋生菜

生鮮逞明亮，玉翠新觴。信手綠菜添香。
鹹雲醬霧伴愁事，養人小菜健康。
勞心客相會，賣力人常駐，素雅幽芳。
寒天暑地，四季輪，蔬菜娥皇。
消炎降糖護齒，降脂降壓方，一唱悠揚。
蒜香提味，著鹽醬，辛煨清涼。
盡嘗餐無數，冬風夏雨，最是精良。

調寄【夜飛鵲】二〇一一年一月十一日

肉末茄丁

幾曲菱丁，綿軟嫩鹹，肉末茄舞。
時節淘換新曲，佳麗鏗鏘同路。
紫茄香肉，細丁綠絡汁稠，天寶美食人間住。
廳裡人鼎沸，肉香茄丁赴。

如處，百年傳統，姿色不退，玉情香故。
丁軟孕味，姿水溢脂歌賦。
碎茄肉末，縱橫南北山川，鄉間城裡春秋慕。
代代遇新知，勝寒霜雨露。

調寄【石州慢】二〇一一年一月二十日

肉末毛豆

青豆幽香夢。戀甜椒，細孌輕伴，潤腑盈令。
細膩香綿體滋潤，胎骨風雨勃動。
思故往，慈母情境。
春去秋來人生短，盼三餐情系相思重。
豆麵面，肉甬甬。清香就飯人生幸。

忘爭鬥，太平歲月，盡享清靜。
樸素平凡為常態，珍愛春秋花動。
趁酒意，詠詞河東。
翠豆肉芽耐品味，浩淼滄波唯餘一靜。
有豆蓉，鄉情勝。

調寄【賀新郎】二〇一一年一月二十一日

肉末豆角

肉末豆角別樣香，慰我斷饑腸。
三碗乾飯有力氣，全依著肉鮮豆糜辣椒粒。

百姓三餐知足樂，月笑牆頭朔。
家常菜暖溫馨夢，盼那家和安康親情重。

調寄【虞美人】二〇一一年一月二十二日

肉末蒜薹

瓊枝翠短，肉糜香燦，酥軟真下飯。
群堂人語，鶯語燕亂，淚眼搶購已斷。
暗香幽幽，品辣味，裹盈身暖。
望遠天，秋風攬雲，志趣何高遠？

憶少年蒼黃日，思佳餚夢斷，久旱淋甘。
卅載一去，滄桑變，肉末蒜薹長安。
中華菜肴，久食之，孰味情淡？
悵人生，目及千年，中餐恩不斷。

調寄【解語花】二〇一一年一月二十三日

肉末豆腐

玉白珠媚。戀紅湯，一抹暖油輕煨。
幾撮香菜添新色，更羞江南妹。
鮮嫩藏，香辣同載，忘卻山珍海味。
兒女愛家宴，風雨相思長，淚灑嫩腐肉碎。

環顧五湖四海，風消沙漏，騷客經年買醉。
肉末豆腐喻美人，嬌白獻紅蕾。
壯京漢，育鄉養眾，盡拼一臉芙蓉淚。
暖饑腸，盈血脈；強力健脾，舒肝養胃。

調寄【霜葉飛】二〇〇九年二月八日

香菇炒肉

所以山山野仙菇，清影脫俗，登堂猶帶香雲。

禦香嫩汁肉，攬卻百菜未嘗尋。

名廚高手，飛勺攬火旺，肉香菇嫩。

俏蔥綠，素骨滑口，柔潤銷魂。

肥邐靡厚孕寶，輕擎蛋白靈，裨益紛紛。

益生菌搖味，豐盈四海看孤村。

翩翩湯汁，綺綺會佳餚，慰腹健身。

夕陽下，酒酣情溢，一臉紅暈。

調寄【翠樓吟】二〇一一年三月九日

孔雀開屏清蒸魚

渾香舒尾，鮮露長江水。

浪裡蛟龍走南北，出水九天雲飛。

猶是孔雀開屏，又呈美食佳形。

滿座賓客驚愕，神仙美味情濃。

調寄【清平樂】二〇〇八年五月二十三日

番茄炒菜花

玉花紅亮娓娓嫩，鮮纖精彩家人順。
六腑潤姿情，情自盤中行。

百年吃未厭，偎吾中華飯。
番茄煨菜花，炎黃子孫誇。

調寄【菩薩蠻】二〇一一年四月四日

菜花炒肉片

玉樹瓊枝，千堆雪，癡欲涼夜。
流口香、嫩脆精彩，腮滿眉謝。
幾朵小扇滋濟養，一球白華歸心悅。
肉片片，留下嫩鹹香，衷腸雀。

騰雲去，甘霖冽；椰菜美，相思月。
真有情，千年萬載不疊。
日轉星移無盡數，花浸肉靚未虛劫。
看朝陽，又奏享新曲，廚娘列。

調寄【滿江紅】二〇一一年月四日一日

乾鍋菜花

汁鬱潤花羞，軟色紅顏俏。
鍋攬辛辣宿嫩芽，萬戶千家笑。

歡悅幾時來，香啟幹鍋料。
閱盡人間美味情，不及椰華犒。

調寄【蔔運算元】二〇一一年四月十二日

酸辣大白菜

黃芽白菜育滄桑，
酸潤辣浸暖故鄉。
幾許紅椒伴浴娘。
軟汁香，品味樸素話健康。

調寄【憶王孫】二〇一一年二月九日

白菜燉土豆粉條

綿軟嫩酥得味，黃玉白菘絲綴。
蕙口添津香，千家萬戶都會。
心醉，心醉，萬載素食寬慰。

調寄【如夢令】二〇一一年五月十六日

素炒豇豆

吟。風送條香潤黃昏。尋靈去，素炒翠莢嗔。

調寄【十六字令】（三首）二〇一五年十一月十七日

素炒豇豆

吟。透美碧孤孕辣芯，凝眸處，滿眼綠酥新。

調寄【十六字令】二〇一六年十二月九日

素炒豇豆

吟。豇綠沉鈎抹香辛，朋黨聚，一併愛如金。

調寄【十六字令】二〇一七年四月二日

肉絲炒豇豆

蔓籬豇豆斷，絲絲肉戀情。
小街邀我陌室行，
高調兒時伴侶論英雄。

數盞酒杯舉，滿目醉漢凝。
英雄代代渺蹤影，
唯有肉絲豇豆萬年贏。

調寄【南歌子】(雙調) 二〇〇八年三月一日

豇豆燒茄子

豇豆茄子亂綻嬌，紛呈滋味潤良宵。
翠豆嫩，紫茄鮮，下飯伴酒眾相邀。

調寄【漁歌子】二〇一一年十一月十八日

炸茄盒

鬆軟輪月，掩首留味，宴門稱謝。
軍門廣場幽靜，廳堂上下，人頭如列。
執筷掃盡尤戀，眉梢喜悅，唇角未歇。
再飲酒，香脆情思，潤化芯蕊難忘卻。

從來美事憑感覺，況佳餚，五味享同悅。
茄盒厚戀營養，瑩色色，湧金塗穴。
肉餡添香，茄餅風情詠愛未絕。
西風依舊經年越，茄盒永不滅。

調寄【雨霖鈴】二〇一一年七月二十七日

青椒炒茄絲

色豔絲竟繞，沉儂味，軟脆禦相交。
看綿鹹閒餐，濟潤千戶，漫養紅塵。無語風消。
小肴菜，留情大地遠，四海家人笑。
前詠草花，山水夕陽，吾唱茄絲，伴侶甜椒。

千年華人傲，縹緲炊煙盡，香氣搖搖。
茄果益心活血，絲軟味嬌。
柿椒厚亦妙，甜暖護身，脆驚濕寒，一抹紅梢。
凡物未必平庸，再認瓊瑤。

調寄【風流子】二〇一一年九月三十日

茄子燒土豆

凜冽寒風枯枝唱，引來家人爭去向。
馬玲伴茄獻吉祥，何其棒？
百吃不厭新汁醬。

祖上風情又閃亮，金樽帶我入東梁。
美味不覺風已降，意茫茫。
信手香肴謝廚娘。

調寄【漁家傲】二〇一一年十月三日

魚香茄子

青紅絲伴味嫩香。汁涵肉釀。
酒沁生抽添情，糖蒜醋調薑。

蜀人千年孕厚味。蕩滌神州餐堂。
常思皓月夜，成都小吃房。

調寄【花清引】二〇一一年十日十一日

魚香茄子煲

紅紫偎相容。恣潤煲凝。
粵人靈。蒜末紅椒伴香蔥。
江山易，百代重。
濟後萬千廚娘在，個個是英雄。

村舍中，煙籠香湧。
餐桌左右，暗香環繞，眉間飄灑春風。
巫醫百工，儒宦挑夫賽花瓊。
山珍有味，魚香無窮。

調寄【鳳樓春】二〇一二年一月五日

肉末烤茄子

紫面紅顏，香煎姿潤，濃郁嫩相儒。
泡椒添色，肉末綿香，香菜點味酥。
無須掀簾邀明月，銀光盡堂廚。
闔家舉杯敬姮娥，享火烹，真情露。

調寄【少年游】二〇一二年一月七日

番茄燒茄子

濃汁開胃，色驚豔，喚起萬家歡慶。
依舊蔥薑，煸軟緩釋香凝。
茄紫潤味，番茄戲，糜浸宮翎。
未曾見，鬮菜諧韻，自知各有天命。

從來輪迴有幸。
憑技巧，處處體現靈性。
火候精准，醬汁蠔油猶弄。
晚葉落地，秋雲湧，番茄新詠。
茄戀厚，故國江湖，再現殘夢。

調寄【一枝春】二〇一二年一月八日

豬肉燉粉條

飽浸孿絲，誘肥尤潤，舒腸哏唇。
伴殘燈陋室，霧雪茫茫；懸樑已老，淚閃孤魂。
勞苦人生，世途險峻，難得快慰有心人。
隆冬月，趁大柴鍋灶，燉糜香豚。

餘香淼淼如鉤，引萬眾，迎百年人倫。
任達官顯貴，方巾書生；走卒布衣，橫掃殘雲。
粉絲黃芽，韻藏真味，一口五花醉西門。
食無忌，忘山珍海味，斗酒再巡。

調寄【沁園春】二〇〇五年六月二十三日

長生茄子煲

長生果，脆香濃，有緣情。
長茄紫，入蒸籠。
絲甜甜，肉軟軟，味重重。
兩相依，點朱紅。競滿盈。
愛悠悠，思嫩脆，世代行。

調寄【三字令】二〇一二年一月十一日

蒸淋茄子

碼條槽，沁汁液，扮紅椒。
曾疑是，白嫩荊條。
窮鄉曉夢，綠紅添情似白描。
雪照碧天，春不遠，陋室玉嬌

茄嫩憑蒸細，甜鹹淬，漫濃瀟。
受教了，才氣澄肴。
偎軟依香，酒樽為斛有雙驕。
情到欲說無言處，再思瓊瑤。

調寄【上西平】二〇一二年一月十二日

臘肉炒茄丁

互古先人，智慧凌天，臘品惠千年。
三江上下，有炊歌，漫襲紅塵先賢。
肉香怡悅，何曾忘，半縷坤乾。
思故人，日出日落，代代口耳相傳。

茄丁潤味伴肉，綿軟謝濃漿，夢裡流連。
紫筋紅幹，添華翠，味蕾豪享神仙。
湘人乖巧，有少婦，散菜樓前。
臘肉炒茄家常菜，慰祭無盡塵緣。

調寄【秋霽】二〇一二年一月十五日

蒜香肉末茄子條

金珠戀軟玉，碎香若幽明。
萬千眾生華夏路，斯隨家家行。

素樸人長久，平淡長相依。
茄香肉末蒜低眉，萌媚總相戚。

調寄【蔔運算元】二〇一二年一月十七日

杭椒炒茄子

不辣不辣。
韻味剛好，火候尤佳。
暗香遊，送餐絲滑，如春弗桃花。

盈盈嫩縷入口化。
何人戀魚蝦？
經風雨，依然千年，從容走千家。

調寄【水雲遊】一〇一二年一月二十一日

東北亂燉

斑斕溢鼎砵，玉骨靚穎。
重催百花醒。忘情。
岸紫丁蘭，一鍋眷戀無聲。
任南北西東，鬼英雄。

清江流水，抹畫屏。
人在畫中行。崢嶸。
葷素百味，一覽江山鳳鳴。
看天高地闊，人才靈。

調寄【人南渡】二〇一七年一月二十五日

香菇肉末烤茄子

人饞神求，紫茄又獻玲瓏秀。
路驛街巷，留香人各就。
香菇添彩，如岩間水漏。
肉香濃，綿茄承載，何須再回頭？

調寄【點絳唇】（又名《十八香》《南浦月》《沙頭雨》《尋
瑤草《萬年春》）二〇一二年一月二十七日

醬燒茄子條

五彩斑斕，香菜碎、綠染彩袖。
醬香肉末潤，橫攬茄釀，入醉有甜厚。
茄調香麋美人與，靜排排，天領人受。
白蒜戀紅椒，和味游絲，回天難就。

夢夠。日高煙消，高朋難瘦。
美食人生樂，忘卻悲涼，銷魂何須金獸？
把酒廊下，晚風輕述，品味浙菜清秀。
悵人生，淡淡茄果，何以百變不夠？

調寄【十二郎】二〇一二年一月二十八日

茄子乾煸四季豆

綠絲條，過油嬌，筋嫩色美流光俏。
紫皮茄，層層列，逶迤長歌、香霧又蔓泄。
劉郎隨意栽芙蓉，曉蘭信手繪花叢。
烹烈火，攏幹材，再來一桌瀟湘家常菜。

四季豆，相思鎏，古今春情家家秀。
天涯路，艱難鑄，茄子扁豆情，長如侶慕。
無肉更得俊俏賞相，淡湯何須鏗鏘揚。
扶歲月，看扶桑，千年日子、你我有短長。

調寄【小梅花】二〇一二年一月二十九日

酸辣涼拌茄子

夏日無風草木酣，
人心煩躁不思餐。
爛茄絲，，酸辣汁，撒香荽，麻香間。
潤口神氣添。

調寄【喜春來】二〇一二年一月三十日

蒜泥蒸茄子

一品白蒜肉茄中，鹽津香留。
口美神遊。何須山珍費追求？

春景綺麗美如畫，除卻風柔。
更有水流。花草輕盈笑群鷗。

調寄【醜奴兒令】二〇一二年二月一日

茄子燒魚柳

魚香溢京樓，風送滿月秋。

憨茄未知羞。堪愁。

鮮潤五臟，脈脈嬌嫩怡情。

一覽食客留。月兒悠。

三十載後又重遊。

廟前聞斑鳩，回眸。

依稀花徑，難得香消受。

回味斷魂砵，魚柳厚。

調寄【入南渡】二〇一二年二月五日

鹹鲅魚燒茄子

紫金迎紅翠，難得魚鮮驚厚。

攜肉添韻，更顯唐代古奏。

便是今天，賢人雅士聚餐，堪比玲瓏秀。

疑夢裡，風送南國誘。

豈是風姿妖豔，欲水涓涓，橫靡老少難夠。

歲月悠，攬出萬千新觴，唯魚香茄子舊。

調寄【下水船】二〇一二年二月六日

油燜茄子

蕭然本色進油鍋，閱盡銷魂樂。
縮水嬌娘，翩翩泛媚波。
著色飛抹，染得千秋渴，味美品玉娥。

踏遍天涯都是客，燜相知，勿需說。
南菜北香，上天眷流落。
倚欄望月，回味暗香久，又是紫茄果。

調寄【西施】二〇一二年二月八日

雪菜肉末炒茄丁

紫玉融糜肉，雪玲巧飛舞。
相思東籬聞杜宇，不忘佳餚煙雨路。

調寄【一點春】二〇一二年二月十日

白蘿蔔燉排骨

啖美玉，金陵棚戶滿香溢。

骨油糜脂宜芬芳，萊菔精細。

嫩入香汁偏愛暖，清湯竟顯神跡。

南北戀，東西欲，千年往復一律。

莫歎人生阡巷難，佳餚伴侶。

團聚夜爐酒溫時，橫路斷水何懼？

順氣蘿蔔湧五臟，韻神歌、肉湯新曲。

故國蒼涼從不朽。

問卷百姓人家，緣何興亡依舊？美食依。

調寄【西河】二〇一二年二月十七日

白蘿蔔燉牛肉

嫩白羅甘辛，潤肺裡，清心驅熱。
肉牛壯身，溫腸行血過，益中神碩。
隱伍何八卦？生薑蔥蒜，桂皮八角落。
生抽料酒填鄉味。四溢清香，芳迷陌座。
融湯凝羅。竟蒙花下客。戀色珍情味，有瀟爍。

尚有清湯在側，浸身撫正氣，盈精消火。
看蒼山，蔥綠添色。
從不攬浮華，娓娓史詩，無聲長歌。
饑寒處，慰藉紅塵。
大世紀，百姓相思物，炊煙籠絡。

調寄【六醜】二〇一二年二月十九日

白蘿蔔燉魷魚乾

金枝逶迤入仙釀。

風景線，何須惆悵？

三月春思夜不長。

羅甫戀魷魚，融匯賢良。

山珍難抵海味香。

歸來去，赤子難忘。

東風不負海外郎，

三十年，又嘗斷魂清湯。

調寄【尋梅】二〇一二年二月二十二日

炒白蘿蔔絲

羅窈細，蔔條香。
嫩入口，齒鮮留，情更長。
晶瑩透玉絲光祥，
潤色凝芳素品良。
荒野人家，空曠茁壯，青松亂舞山梁。

農家菜，慰得軒轅城廂。
勝似參根留雲跡。
泛千家，汝進避番牆。
白皮脆肉唱廚娘。
笑侃天地，何物無雙？

調寄【上陽春】二〇一二年三月六日

白蘿蔔絲炒肉絲（之一）

土人參，楚天吟，如絲如玉貴如金。
肉嫩香，伴素娘，山南山北乾坤有吉祥。
家常度日尋常夜，秋蟬輕煙黃花謝。
出泥土，豐潤舞，誰道胖嫂婀娜不如菽？

羅絲燦，靡心戀，千年紅塵愛不斷。
養容顏，潤心肝，順氣舒腸笑對嶺南山。
未為山珍唱新曲，從來樸實做神仙。
送日月，迎新年，歲歲如斯人人曲不散。

調寄【小梅花】二○一二年四月九日

白蘿蔔絲炒粉絲（之二）

蔔絲欲纏綿，嬌羞味兒鮮。
若有海米點綴，山舞河翩。
雲鵬而至，大快稱下飯。
少年郎，攬扶桑，獨相戀。

何須上酒，醉意滿人間。
柔條漫偎羅曼，和味成仙。
脈脈濃處，俯仰看江山。
入柴門，登鑾殿，愛平凡。

調寄【千年調】二○一二年四月十日

白蘿蔔海帶燉豬蹄

一盆濃湯墨玉，參白凝趣。
爛蹄萌香唱新曲，有鶯歌，聽燕語。

晶透恰如撫琴，風光怡許。
花前廊下眾人狂，如狼虎，失雅矩。

調寄【一落索】二○一二年四月十一日

白蘿蔔燉臘肉

紅白競靚，懷金湯玉璧，共浴香澤。
古法熏致，豐潤別異，嫩膾感知遊舌。
沁脾入心，美味入口暖懷國。
南人俏，創絕新意浸白婆。

脆根軟津，舒骨迎葷，紅花白蝶，相諧灣河。
甯王興，千載豐盈，歡今世喧嘩風聲過。
人有青春老少弱。
無知少年，追得西域洋味，
未采祖宗，不識龍蛇。

調寄【秋霽】二○一二年四月十五日

干貝燒白蘿蔔

玉微瑕，竟銜貝，一掃俗風。
看翠偎，聖心謚動。
玄妙尋思，巧設宴，華夏精英。
海韻填色，蔔相約，入口心驚。

何貴賤？難遇通靈。
美如花，潔白豐盈。
益智順人氣，宜章暖心情。
小菜淒淒，名伶鑒，長史留名。

調寄【于飛樂令】二〇一二年四月十八日

老姜燉白蘿蔔

仙湯溢玉泛幽香，沁心有黃薑。
故園簡涼平凡地，白蔔癡，品味滄涼。
從來鄉里，素樸盈實，未得輝煌。

英雄不爭短長，梨花自芬芳。
素絹依然通靈秀美，柴門豪宅同祥。
終漫南山呈百歲，虛寒愛白湯。

調寄【越溪春】二〇一七年四月十一日星期二

蔥油白蘿蔔

煸炒白蔔漫蔥香，卻愁慰饑腸。
明閣樓前聽燕語，一絲奇，兩股清涼。
肉腥趨於凝索，淡雅亮裡高牆。

會眾萬千生計祥。全依淡茶樂。
憨淳一世伴千秋，有孿情，何止擔當？
勿需惆悵彷徨，驚天萬古流芳。

調寄【風入松】二〇一二年四月二十三日

炸蘿蔔丸子

金黃崢嶸，枝杈酥綿醉情彰。
脆軟贏百口，咀嚼風發，垂涎千尺，欲食昂揚。
萬戶炊煙揚。泛油滾，夜風清涼。
看情懷，澄澄悅眼，何苦山珍海味忙。

山河百態，華餐萬種，神州文化長。
下裡白羅蔔，未敢成夢，萬億鍋勺，撐起輝煌。
芳草連天地，難忘矣，淳樸不張。
訴衷情，世上金貴，進得賤廚房。

調寄【一寸金】二〇一七年五月一日

白蘿蔔粉絲丸子湯

香湯潤丸伴舒枝，一解群卿恙。
團圓千家，調羹萬眾，葷素呈祥。
饑腸倦兒，踉蹌入室，血熱饑腸。
諸子百家，皆呼美味，萬古流芳。

調寄【人月圓】二〇一二年五月七日

醋溜大白菜

黃芽酸嫩，紅柳傳辣，鮮汁下飯。
津白鑒玉，翩翩不知深淺。
俏廚娘弄羞菜，看眉眼，醉相蹣跚。
同是白菜一品，阡陌百態欣然。

無須金銀盞，素樸戀童顏。
田疇競百草，風影無忌，晚秋翹楚南山。
登青菜萬戶侯，更尤甚、長史千年。
國宴上，黎民間，妖妖燦燦。

調寄【二月蓮】二〇一二年五月十四日

酸辣大白菜

空天風雲換。弄色有相思。白玉辣酸。
蒜蓉傾香韻，歟美品脆。
誰道清江萬里？或飛濺、又百態芊芊。
同歸菜、倩影照千般，萬家爭豔。

蕩卻眾蔬稱媚果，白嬌翠多味，何故坊甜？
紅椒偏爭秀，晉醋慰以鮮。
漣湯凝汁傾心，隨心愛、聯想欄杆。
鄉土出靚景，惠天下、無貴賤。

調寄【八音諧】二〇一二年五月十五日

糖醋白菜

年年白菜調汁漿，酸甜辛辣竟短長。
萬口不一說來去，卻呈祥。
落日紅，炊煙之下玉菘香。

眾生年年攬秋涼，遍野黃芽波濤狂。
輔儒百工未居功，敬身量。
糖醋漿，抹去淒涼少悲傷。

調寄【天仙子】二〇一二年五月十六日

素炒白菜絲

萬事平凡方長久。

水長流，生命漫全球。

風雨冰霜，四季春秋。

分明萬山含深墜，卻要凌天追宇宙。

白菜絲香厚，永相求。

山珍海味，長貪命短，怎知球白遙山遊？

調寄【七娘子】二○一二年五月十八日

燉大白菜

燉鍋湯鹹，白菜爛，品味神仙。

淡香撓心緒，紅蕾潤液繞庭前。

大碗焦急白米飯。

胡風依舊狂，樹空搖、人心未寒。

萬事難、尚有菘白慰人間。

系夢崢嶸月，懷舊請，忘君倩。

調寄【別怨】二○一二年五月二十日

白菜燉豆腐

撫心順情消怨恨，
潤脾生津舒英魂。
千古一小菜，蒼生萬眾生。
片片有溫飽，勺勺潤真情。
謝祖有三拜，無言歎息中。

調寄【子夜歌】二〇一二年五月二十四日

魚香白菜絲

輕靈飄灑入瀟宴，魚香藕花前。
絲絲白菜江南色，堂下望盧川。

尤愛淡素偏明月，滋味繞梁金不換。
何須春風怨柳，入門有新戀。

調寄【月宮春】二〇一二年五月二十五日

火腿燉白菜

黃色，黃色，輕輔火腿一摞。

仙湯嫩菜新寵，美煞老少關中。

好吃，好吃，殘風一抹即逝。

真香，真香，久遠未曾相忘。

說是燉菜之王，倒像清蒸之釀。

嶺南，嶺南，思伊三朝不斷。

塞北，塞北，夢爾四季如水。

何日攜手登堂，闔家快活共用。

莫愁，莫愁，子孫自有花留。

調寄【三台令】二○一二年五月二十八日

三絲炒白菜

青絲調紅，菇肉配，白菜又扮英雄。
幾經纏綿，融沁情韻，霞飛山俊萍靈。
品各異，似不沾，南北風情。
白綸巾，會紫長袍，月下稱光明。

素愛翻山越水，三絲小盼，酒香盈。
豪友難得一聚，一聚便爭鳴。
唯有是，古象糜鮮，還情風雨中。
何曾想到，扶桑煙裡沙汀。

調寄【白雪】二〇〇七年三月三日

白菜木耳炒肉片

玉台盈，墨糜穿潤雪，紅肉伴新瓢。
笑語叮咚，盆碟響亮，隨性還需菜香。
迎酒仙，送逢食客，闖南北，怡悅翠林崗。
曉色弄影，野佬歸山，窮歡農桑。

俯仰神州千年，看巴山四水，綺麗風光。
宅門萬千，雍盤簇罐，木耳菘葉溢漿。
君難忘，家人團聚，訴衷腸，嬝嬝潤芬芳。
雖是離散千里，不忘爹娘。

調寄【一萼紅】二〇〇九年十一月十三日

（酸菜）豬肉白菜燉粉條

臨夜常思遼東，菹肉又似臨風。
隨身入廳堂，掩面淚雨濛濛。

調寄【如夢令】二〇一二年六月二十三日

酸菜炒肉絲

入盤陳條，伴酸有柔情，鴛鴦嬌笑。
海霞萬里能接日，坦蕩宜才戀灝。
異樣味美，別情芬芳，醉流白山俏。
三江大地，從此風華瀟瀟。

諧來百味竟投，紅光翠影，不及雙絲妙。
他鄉夢裡空徘徊，難覓積缸味道。
白髮飄飄，鄉情嬝嬝，酸菜肉絲遙。
揮斥千古，難得兒時佳餚。

調寄【湘月】二〇一二年六月二十九日

四川辣白菜

紅嗆嗆不爭辯。脆香驚，滿堂稱讚。
一抹辣子穿腸現。魂飄魄豔。
越山珍，出廬戀，攬聖，攜仙，
美遍江南。

調寄【上行杯】二〇一二年六月三十日

涼拌白菜絲

五色芳顏呈清涼，
脆心酥，爽情漾。
鄉間陌上，眾人享穹蒼。
凡肴素伴生新趣，益生靈，入高牆。

世上簡約為真諦，
味多美，不尋常。
八彩雜陳，無人訴真詳。
放眼神州多美食，白菜絲，呈吉祥。

調寄【江神子】二〇一〇年十二月八日

香菇炒白菜

軟嫩微甜迎菇詢，片肥莖潤凝色俊。
長愛尋常百姓家，千年有鴻運。
江山萬里遙，卻濛濛心相印。
育華夏萬載生靈，百代還夢韻。

調寄【陽臺夢】二〇一二年七月三日

黃芽菜煲鴨骨湯

仙湯彌漫，鄰里人稱讚。
葉糜瀝，汁稠香收，更勝寒裘見。
壯骨於無聲，精簾動，潤身一段。
何歡息，流光攬月，今宵有香飯。

調寄【萬里春】二〇一二年八月十三日

開洋大白菜

廚間香，鍋勺清脆，亭亭漫步流芳。
擯卻佳餚看新月，陋室饞霧菲菲，何止繞梁？
白羽嬌裏開洋，一家眉眼如夢，燈下移海翻江。

芳草岸，似饑雁啄新芽，野虎擒羊，狼藉盤光。
憑想，華潤片片有味，鮮香粒粒情長。
小菜矣，萬眾百年之糧。

調寄【八六子】二〇一七年八月二十日

蝦米粉絲燴大白菜

寶花綺麗，金鈎纏綿，媚眼呼喚。
淡芳素玉，攬得美味差豔。
窗外夜雨丁零，溫馨時，何處憂煩？
條條輦路悠長，代謝萬里江山。

華夏食為寶，撚來競良緣。
千門看笑臉。民間志趣，佳餚卻也清淡。
精壯神仙伴侶，更又是，俏婦強漢。
全憑賜，菜如列，肴色燦爛。

調寄【二色蓮】二〇一二年八月十九日

熗炒大白菜

玉淳撫慰天下，
純白緬懷華夏。
巧紅添心驚，夢未醒。

別有清脆擎色，
更戀微辣纏舌。
芳顏憑素羅，窮人樂。

調寄【昭君怨】二〇一二年九月一日

清蒸大白菜

竟出頭，無身後，消嫩江山兩頭夠。
夜闌飲善花月落，添新侶，黃芽秀。

何須遙看高堂宴，撮撮蟾宮肉。
清蒸雲起征簫鼓，白葉潤，銷魂露。

調寄【品令】二〇一二年九月二日

（素丸子）
大白菜燒肉丸子

紅丸香嫩臥底，菜葉漫抒清栩。
湯汁凝色入味，食客殷勤打趣。

調寄【塞姑】二〇一〇年五月十九日

（素丸子）
大白菜燒肉丸子

飄飄色丸臨風，鬱香誘來仙翁。
上陌風光濃處，素彈葉翅再生。

調寄【塞姑】二〇一〇年五月十九日

大白菜炒雞蛋

春到長門春草青。
玉階華露滴、月朧明。
東風吹斷玉簫聲。
宮漏促簾外曉啼鶯。

愁起夢難成。
紅妝流宿淚、不勝情。
手挼裙帶繞花行。
思君切、羅幌暗塵生。

黃花又燦白玉蘭，
欄雕藏欲味，心更甜。
消愁順氣北山嵐，
香行院，鄰里眾心亂。

塞北風沙漫。
堂下競芬芳，沁香汗。
欲邀舊友入門伴，
或回首，臺上見空盤。

調寄【小重山】二〇一二年九月五日

大白菜炒豆腐皮

千絲輔玉玲瓏碧，
依長情，魂入芳草地。
葷肉恬恬，醉心搖意，
正欲清風掠魂聚。

穿腸小菜萍鄉綠，豆筋筋，
眾悅生平趣。
山外五洲，華情溫脈，
恰如豆絲融菘絮。

調寄【七娘子】二〇一二年九月七日

大白菜炒豆腐乾

東樓聚，白芽紛至漫捲。
紅椒鎏染雪絲淺，豆絲入縷。
幾許素條臥芳草，銷魂不在仙意。

菜青輕，扶鞍去，了卻倦客之慮。
日月常伴東風走，食漿天預。
老少阡陌爭千百，全依著菜地綠。

白菜笑走天涯路，千家肴，萬桌情趣。
踏遍青山無悔，偎育億萬巧人家，
無須典著，代代聚。

調寄【西河】二〇一二年十月三日

大白菜燉雞湯

清馨仙湯美，菜嫩葉黃。
情真真，詩意綿綿會肉香。
人生短，苦情長。
徘徊千里人圓月，相依有芬芳。

越春曉，農耕地忙。
家人辛苦，美好廚娘，真情莫若雞湯。
飲湯啜食，女嬌嬌兒強強。
百姓生涯，如欲成罡。

調寄【鳳樓春】二〇一二年十月六日

大白菜炒土豆片

白壁暖秋色，黃玉嫩成方。
青燈陋室人靈，更添菜香。
少小離家，夢裡憶爹娘。
又傳承，才思量，食為綱。

千宅萬家，代代傳吉祥。
小菜花開世界，年年芬芳。
馬鈴厚樸，合心獻精良。
享天賜，受地恩，歎滄桑。

調寄【千年調】二〇一二年十月八日

白菜土豆燉粉條

坊間智慧逾千年，西江流水情依然。
白菜土豆燉粉條，萬人戀。
煙籠日月生靈跡，鄉土溫暖自民間。
哺乳神州千百歲，謝蒼天。

調寄【山花子】二〇一二年十月十三日

栗子燒大白菜

栗仁添珠綿，菘香翩纖葉，胃腑甘甜。
俗家風味，暖浸萬戶千家。
春鋤秋收脈脈，臨芳草，禽畜依戀。
情同願，瑤池幽夢，良宵任晚。

佳餚滿地香濃，未及汝花嬌，萬民垂憐。
漫步青史，滿徑人聲嗚咽。
惟有小菜擎上，君不見、一派光鮮。
歲月漣漣，平凡有恆源。

調寄【雙瑞蓮】二〇一二年十月十五日

香菇白菜炒雞柳

夜灶鍋邊白菜香，嫋嫋越高牆。
香菇增韻添味，雞柳慰饑腸。
村民愛，官宦享，情誼長。
五彩世界，燈火輝煌，不離食糧

調寄【一絲風】二〇一二年十月十八日

上湯大白菜

海鮮松花燴鮮蘑，濃湯潤菜奢。
夕陽染色天邊，俊肴唱心歌。
百蔬美，菘獨樂，呈芳鍋。
鬧花紅塵，三餐美津，上湯添色。

調寄【一絲風】二〇一二年十月二十七日

黃花菜炒大白菜

萱草叢叢，蔬棲息，誘得白菜玲瓏。

憑的素女添羶味，健腦並美容。

潤雞湯，浸輔煲裏，嫩絲舌戀竟蓯蓉。

萬千天下菜，有山珍、金貴天皇，莫若憂菘。

黃花一帶白葉，穿波走浪，成就夜暖星萌。

庶民陋室溫馨事，夕陽有良羹。萬里花落錦官城。

忘憂小草灑滿徑，惠眾生、弄倩影。

情多於世，叩謝天公。

調寄【霜葉飛】二〇一二年十一月八月

銀杏大白菜

華譜食欄。同源至、養生藥食同源。

從未偏頗，白菜萬般成賢。

百果珠珠晶似玉，柔柔巧巧味如綿。

汁葉清，功就四海，塵世良緣。

雲破月穿千年。看百姓食漿，萬色斑斕。

難能遍數，唯我心語喃喃。

何日再赴東籬，亮童心，再品銀杏宴。

笑依依，有幸盛世，相思閩南山。

調寄【八寶妝】二〇一二年十一月十日

蒟蒻燒大白菜

蒟蒻千年，華夏深諳，集韻娘娘麻婆。
得其喚，望盡萬里炊煙。
酥手淨菜添鍋，柴燉傾香五嶺神歡。
問何悶、古有玲瓏魔技，逶迤遙看。

顧晚，謝古鳴心，逢餐宜敬，鳴謝百年。
更無言，未與後世點銜。
故國暗香如縷，拱難盡數，惟有夢裡嬋娟。
醜魔芋，至此天涯新光，眾生相伴。

調寄【無悶】二〇一二年十一月十二日

白菜木耳炒雞蛋

斑斕五色。晶黃秀嬌嫩，黑柔肅穆。
白玉多汁，攏行便成香誘惑。
不絕歲歲年年，哺眾生、未索功過。
思年少、慈母香鍋，一如夢南柯。

幸甚。謝祖婆。雛鷹隨母飛，幼狼學斡。
看廚娘做，汗淚淋淋落紫閣。
平凡靜如空氣，勿狂喝、謙卑面和。
受恩慈、享美味，無以呈說。

調寄【紅情】二〇一二年十一月十三日

豬肉燉白菜土豆粉絲

如出日月，熟識家常，陪爺帶孫長擎。
何須問南天，人間道自明。
肉燉菘鈴細絲香，有幾弄，豈是幽夢？
三江十省垂咽，五湖四海風行。

呡嚼猶如春弗面，宜胃情趣，頻賞欲情。
條塊總相盈，鹹淡催心凌。
家和親愛英台樂，有家肴、何愁陰晴？
億萬斯年，百姓恩，從母謝宗。

調寄【大椿】二〇一二年十一月十四日

油沁大白菜

浸油菘，恰如亂雲翻騰。
陰霾譖，醬香游岱，瀟瀟幾點紅翎。
秋分去、喜迎寒露，白菜收，老少錚鳴。

帝王爭位，歌姬爭寵，眾生芸芸盼福鍾。
懷情日、白海泛波，膠州麗人行。
望四海，青煙絮絮，濟周濃情。

調寄【多麗】二〇一二年十一月十六日

開水白菜

敬臨靈出禦膳房，澄仙湯、留情趣。
清汁媚以悅目，濃味籠貪食欲。
難怪帝王有口福，愛新枝，禦園尤綠。
陽春喚白雪，繁花又紫絮。

飄飄開水夢已歸，豔裝照，街巷聚。
清香瀏覽阡陌，爽口蕩滌曲栩。
何須悲涼看世界，清水菜染遙山碧。
新月灑南山，滿崖清香跡。

調寄【晝夜樂】二〇一一年十月十日

乾隆白菜

麻醬銜味，白菜潤心，豈敢輕言平凡？
金黃片片連天水，竟被帝王攜去，雲生紫煙。
飲食若無添韻曲，空瞠目、落紅難見。
生白片、浸香麻戀，未枉絲絲現。

說來千古恒桓，奇人事，竟得都一之戀。
樵村漁舍，廟堂高閣，同享華夏炊煙。
雖是涼碟菜，時況不同相思變。
斟閒盅，重思風月，望徹秋山，癡笑那甜

調寄【八歸】二〇一二年十二月十六日

土豆燒牛肉

紅嫩黃柔潤天下。疏雨誘塘蛙。
勞心又勞力，人生快慰，
六腑暖天涯。

雲舒雲卷看彩霞暗香有人家。
銷魂無極處，土豆牛肉，
夢裡戀黃花。

調寄【醉花陰】二〇一三年一月七日

酸辣土豆絲

絲絲纏，脆脆簾，酸辣味兒鮮。
風流輕撫呈玉色，扶搖上九天。

村村炒，鄉鄉戀，雲破月來輕歎。
何來妙手飄香野，笑語伴淑煙。

調寄【喜遷鶯】二〇一三年二月二日

紅油土豆片（絲）

憨漢出水變芙蓉，巧妝味濃。
紅油滿潤黃金榮，土夫成龍。
黃花依舊，南北不同，風流未減，忠厚花重。
俏味誰堪用？相思偎叮嚀，黃玉竟成了殘紅。

調寄【黃鐘宮】（刮地風）二〇一三年二月三日

土豆燒雞翅

兩廂親昵，一厚一輕。
韻其色，嫩軟相迎。
武道連鎖，剛柔泥濘。
益中蘊輔，精之力，怡之情。

金金厚重，澄澄香濃。
西塘燒，漫巷飄翎。
千年佳餚，幾度春風。
福來月去，人生事，樂無窮。

調寄【行香子】二〇一三年二月七日

口味土豆條

外強中乾，幾縷藻綠嫣紅。
嫩綿勁，本色英雄。
走阡巷、入宅農，送酒迎蠱。
小常肴，如芳草，碧湛風清。

八幡風味，畢竟一覽束庭。
實難忘，梅莊相稱。
呈宴賞，酣兄弟，狼藉杯籠。
口味條，凝鄉情，漫遊西東。

調寄【粉蝶兒】二〇一三年二月十一日

醬燒小土豆

圓圓俏俏，一臉紅羞月。
幼嫩春心綿玉，卻留沁腸訣。
未見百曲迴折，舊情村村悅。
雖是伶仃，古天不缺，坦蕩千年田園謝。

醬色並非倦意，東北韻正解。
雪紅前，酸湯後，小巧勝甘蕨。
同是花前樹下，童叟竟不缺。
白頭依老，不忘兒時，田園斜煙風冽。

調寄【六麼令】二〇一三年二月二十日

尖椒土豆絲

一縷清香出茅窩。陌室飆輕歌。

尖椒戀土豆，憨夫淑女長相說。

如描娥淡，似抿閒裝，南北看情托。

小錢三兩隻，人道如水泛清荷。

調寄【太常引】二〇一三年二月二十二日

川香土豆燒排骨

紅靈骨。糜香吟辣，翹翹盱眙生還。

蜀人聰穎戲春風，憑的詩情廚藝，跌宕千年。

馬鈴重攬厚味，排骨濃妝幽夢，灑下萬里香豔。

眾相問、哪堪造物神靈，蓬萊水淺。

鴻媚香消，食客搖搖嘴抹朱蓮，一臉久旱逢甘。

淡雲飛，其香已過萬山。

調寄【八六子】二〇一三年二月二十三日

剁椒皮蛋燒土豆

黃白黝黑相伴了，魂是泡椒小。
味如新風飄疏雨，綿嫩妖嬈。

菜如新詩，意境悠遠。更兼舌瀟。
人生路難，如江曲流，僥倖三肴。

調寄【賀聖朝】二〇一三年三月一日

五花肉燒土豆

食之色媚兩相交，芯嫩肉盈瀟。
白髮依舊戀春風，香豔靈嬌。

如僧潤油，似姑迷透，山水情邀。
它門學玉，故國源深，一碟方曉。

調寄【賀聖朝】二〇一三年三月三日

青椒炒土豆片

黃月禦盤伴翠萍，忽聞後庭踏歌聲。
人語喧，爭分明，味嫋嫋，越門亭。
八雙筷，撲秋索，四張嘴，玉香凝。

綿軟方的如心，橙色晶，綠兒鮮，皆是情。
誰曉得這家長里短尋常的菜，
竟是那萬年不敗的樸素精靈。

調寄【南呂‧黃種尾】二〇一三年三月十四日

宮保土豆丁

山野荒郊話宮保，遠山遙水香漫道。
爆雞丁，彩椒海鮮，宮保御批了。

思寶楨，靈傑授勳，湧出千年隗寶。
萬千蔬，竟遺馬鈴，何人創？無人知曉。

調寄【正宮‧鸚鵡曲】二〇一三年三月十八日

炒土豆絲

渾圓承芋花。玲瓏送別離，柔情遍灑。
質樸情深，送君凝晚霞。
杯酒送餘生，絲絲話友情。
踏遍青山，黃玉伴遊魂，一生走天涯。

淡鹽青絲無瑕，恬緣萬縷，夜月笑白髮。
全是美意，品南北麻辣。
閒逸又拾零，小菜重攬仙瓊。
憨薯誠誠，謝伊漫風月，伴喜樂華夏。

調寄【夢芙蓉】二〇一三年三月十九日

土豆泥拌涼菜

清盤蓮影豆泥黃，
浪跡三江，百花園裡露情郎。
冷綿香，醉裡夢回腸。

大菜千般回首望，萬千花色融清漾。
七品仙，八寶娘。
孤獨寒月，遙望空悲涼。

調寄【正宮·小梁州】二〇一三年三月二十二日

鍋巴土豆

脆面晶黃悅六方，香辣椒料染紅香。
心如菊花唇邊火，企盼秋風吹清涼。
未聞鍋巴見焦黃，沽名東蜀麗水旁。
小吃慰藉少年人，終生思念六橋鄉。

調寄【玉樓春】

大盤雞

鮮嫩細舒心唱歌，青紅椒綠抹唇舌；
土豆綿香增厚味，億萬斯年享山河。

調寄【竹枝】二〇一三年四月二日

雞汁土豆泥

糜軟襲來香，疑夜來、癡情薯沙無度。
嫩黃誘神色，鄉舍裡、老少竟無形駐。
欲添厚味，酸甜苦辣葷油入。
東山破曉，輪迴又一日，小菜心嫵。

裙帶撩處生輝，融雞汁香霧，漫廳盈路。
豆泥無親疏，憑君願、悉手攬雲摘霧。
宮廷院落，不乏燕雀之將至。
寒門陋舍，亦常溪水冽，春花如步。

調寄【南浦】二〇一三年四月六日

番茄玉米土豆排骨

紅湯美，酸溜溜，玉米香，伴肉嘗。
一鍋五味鮮，遠山慕芬芳。
風搖樹晃。

任其妒、流水回頭望。
空來沐，長雁倦淒涼。
三千載，祖先開，一路行，燦爛安詳。

調寄【一枝花】二〇一三年四月七日

洋芋粑　黔街叫販。清風淡拂焦黃面。
脆皮軟軟孩兒戀。
熏香弄色，金糕呈佳宴。

大江南北天地變。五湖四海香不斷。
馬玲百變芳草岸。
夢兮少年，不忘塔樓前。

調寄【一斛珠】二〇一三年四月十日

土豆蝦球　紅尾竟頭，臨鍋聞香，妥妥誘人金黃。
出海相聚，升遷美食天堂。
情之切、夢裡環迴；愛之深、月夜珠光。
香消盡，慰藉紅塵，華夏泛吉祥。

嫩嫩、催情香。慈母系遊子，傾爾奉上。
宏節盛宴，每每淨眼亮。
心之許，貴人相配；親之深，嬋娟相望。
無需歎，消得萬年盈街巷。

調寄【步月】二〇一七年七月十一日星期二

土豆燉雞

滋補潤生，香汁暖胃，靡口快誘。
山間野宅，不枉美食娟秀。
聞香尋匿百里，風追泣、攜山情就。
舉杯再問蒼天，緣何雞香土豆？

南國千菜美，北疆宴無窮。看雞汁味厚。
臨來未晚，兒孫頻鑒天就。
冬雪又蓋暖房，幀嬌豔、臉暈紅透。
味三江，色五洲，嘴角油油。

調寄【二色蓮】二〇一三年四月十二日

土豆濃湯

庭宴三巡燭影晃，
東醉酒，西抱粱。
珍珠翡翠，梜箸躏廳堂。
為傾真情獻濃湯，左驚喜、右發狂。

走南闖北經菜色，
入山珍，走海香。
晶黃濃味，十裡越錢塘。
抱甄抹嘴意未盡，心所屬，念濃湯。

調寄【江城子】二〇一三年四月二十四日

筋頭潤亮肉濃香。玉面彌兒黃。
紅白一燴成千古,炊煙望、銷魂故鄉。
佳宴蒸蒸,高朋攘攘,醉浸祭筋湯。

世上流連有清帳。美食算一椿。
萬千佳餚清風過,未曾想、牛腩難忘。
三生一路,激昂坎坷,肉筋伴秋涼。

調寄【一叢花】二〇一三年四月二十六日

土豆燴牛腩

牛腩染紅,盈如賓客望春濃。
嬌嫩香珍,鬧市阡陌無人行。

兒女無理,不讓長者竟登凌。
席間偷窺,筷林紛紛卷狂風。

調寄【減字木蘭花】二〇一七年四月二十七日

胡蘿蔔土豆燴牛腩

紅燒茄子土豆

娘。

香紫，蘿黃。

心欲予，情忙茫。

半世之戀，不忍離殤。

俗人堪救國，淡菜慰脊樑。

紅塵人倫演繹，餐碟百代周翔。

茄芳俠步照千秋，豆綿相逢陌上香。

調寄【一七令】二〇一七年四月二十八日

咖喱雞塊

異香芳，看黃欽雞柳，咽水竟未休。

博萊辛辣，異域生涼，玉軟雞同舟。

坡上行，村守田園，咖喱香，閒情泛悠悠。

鄉諳世界，神追三江，瀟灑五洲。

咖喱香雞新曲，幾度魂飛長安，異國消愁。

再遇薑黃，沁味換顏，渾然熱汗浸透。

凌空中，須鬢欣慰；夢幻裡，古國再登樓。

又喚少年摯友，舊景重遊

調寄【一萼紅】二〇一三年月三十日

番茄土豆片

黃玉酸湯，味美靚妝。

漫思量，成就千村路，遙宴九寨香，

銷魂奔月，一代銘莨。

從來少年得志，夢倦娘，思饞腸。

酒旗下，雁過西北去，小菜慰淒涼。

未知彷徨，（暖）九回腸。

調寄【九回腸】二〇一三年五月一日

烤土豆

上天隆賜，馬鈴境遷，焙烘亦算首沾。

蠻荒時代，野火戀清泉。

超現代，雖餤百味尤看祖先，翻新樣式光鮮。

顧盼新曲，再品瑤台燦。

登盈閣，重拾楚天炫。

何曾見，地薯上珠盤；香飄鄉里馨聲，笑語經風散。

回味少年一縷相思，千重變、麻辣有新串。

望京華，執手夜風，寄思江水畔。

調寄【拜星月慢】二〇一三年五月二日

醬保肉丁

甜醬鮮，黃酒淡，沙糖澱粉油相伴。
火爆燃，漫香煙，歡愉老少，台前焦盼。
看，看，看。

肉丁亮，醬兒黃，東來神仙入宅牆。
妻下飯，夫酒酣，殷紅唇下，無語漣漣，
饞，饞，饞。

調寄【釵頭鳳】二〇一三年五月四日

香辣蝦

紅亮亮兮蝦香飄，翠樓人影搖。
桑榆爭碗筷，三石兩鬥，難饗今宵。
瞬間朱退盤空，再看臉兒嬌。
不想香辣蝦，攬情魂飄。

世有春夏秋冬，滿目斑斕呈五色，盡顯嬈妖。
餐桌接百味，何菜稱舜堯？
惟老少心心相戀，似甘露、潤眾神生梟。
憑心語，望江臺上，蝦香難消。

調寄【八聲甘州】二〇一三年五月八日

回鍋土豆片

先煎後潤味潛行，肉末舞空凌。
黃酒聯手豆瓣，重畫色宴香凝。
蔥姜伴侶，青蒜鴛鴦，任晚留情。
泛舟人生波面，美食美景長銘。

調寄【朝中措】二〇一三年五月九日

土豆紅燒肉（排骨）

香溢棱窗，色羞百味，春風趨之留步。
嬌嫩紅潤戲，豆兄伴憨沐金露。
玉面驚風，肉綻麗絲黃，醉人無數。
笑回腸，一覽春風，萬豔不顧。

回觸，西風搖曳，乏軀倦愁情，悲雨如注。
忽聞香凝久，故園舊戀又上路。
回夢相思，斟酒解清愁，放歌舞斛。
紅燒肉，綿薯怡情，何須李杜？

調寄【翠樓吟】二〇一七年五月九日

土豆燜鴨

鴨香五味，漫廳黃昏醉。
土豆吸脂身分貴。
忘卻寒山殘雪，霍地天涯同慰。
又還是，孕情巷陌魅。

百朝禮，千年慧。
後世南北無人累。
燃爐配酒，謝祖成花。
大朵風月同貴。

調寄【淡黃柳】二〇一三年五月十一日

肉末土豆

肉戀方，喜添祥。
綿香軟嫩齒留香。
何須山珍攜海味，
自有炊煙天水長。

調寄【搗鏈子】二〇一三年五月十四日

麻婆土豆

燦燦金色鬧餐桌，麻辣香誘峨眉佛。
莫道川西人煙少，難饗？霧裡悄然又麻婆。
獨享羅衫裹金玉，蜀焗，天邊藍山野村魔。
借問嫦娥彈一曲，銷魂，頻淚紅暈秀滿桌。

調寄【定風波】二〇一三年五月十四日

土豆湯

濃湯姿色惹千愁，欲含欲裹，
一缽豈能夠？
千村百戶夢土豆，煲湯膾之人不瘦。

天邊鉤月秋風又，馬玲翻身，
餐堂重作秀。
洋蔥番茄常隨偎，陌上炊煙薄透。

調寄【蝶戀花】二〇一三年五月十五日

椒鹽土豆條

外焦內酥黃莨，

椒韻味，鹽拱香，相思長。

踏千山攬秋月，西風送老鄉。

夢裡薯條縹緲，勿呈忘。

調寄【定西番】二〇一三年五月十七日

土豆丸子

圓圓脆生風，輟思入香中。

七葷八素著咸淡焦毛悅衰翁。

九朝遺傳，一代清風。

更思遠，倚欄悠松。

味潤千古修華色，丸笑子崢嶸。

調寄【東坡引】二〇一三年五月十九日

紅燒土豆

紅袍逐君來，難辨葷素，一臉笑關公。
斷煙香縈繞，家人添筷，致興如春動。
掩屏添酒，催豪情，懷湧東風。
心無記，當年豆味，如何錦香重？

思量，華裔祖先，緯武經文，燦爛勝繁星。
誰曾知？揮就瓊樓，竟吾眾生！
攬卻山珍擯海味，俏馬玲，殷紅偷情。
銷魂時，不忘長久山青。

調寄【渡江雲】二〇一三年五月二十三日

土豆卷

玉潤香，翩翩素娥深處。

紅相伴，口香醉傾，綿軟斜風含露。

南人智，蟬翼油皮；北漢憨，透宇白度。

肉融千古，菜彌當下，可圍煎蒸添葷素。

泥與絲，各呈風月，欄下香如故。

關情事，千夫萬眾，欲涎難住。

大眾菜，孕愛浮情；銜根草，殊鄉戀樹。

殘燈半堵，斯慰溫欣，寒門以此御風寒。

豪宅院，零花飛絮，還是心將赴。

今相會，依舊嬌嫩，不知遲暮。

調寄【多麗】二〇一三年五月二十四日

魚香土豆茄子

暗戀芳,擁其味,軟茄黃薯。
拌飯有韻下酒綿殤,時光迅,魚香遙祝。
調料堪稱翻星斗,焗五嶽,燴炒瑤都。
百姓居,無師攬月,翩翩銀河懷縛。

雅興,揮刀舞勺,何其稱酷?
百卷菜譜龍頭斑斑,揚汗顏,尋梅半吐。
何為千古獨一菜?就算在,也非神篤。
千年佳餚裡,尋歡樂處,萬里炊煙暮。

調寄【二郎神】二〇一三年五月二十五日

木耳土豆絲

黑魔黃軒,清雅純緬,臘盡梅開桌頭。
山珍柔木耳,黝玉風流。
一旦別木入懷,競香豔、欲說換休。
看炊煙,村村晚宴,月笑彎鉤。

土豆,百變魔芋,配張三李四,各色千秋。
入野嶺荒山,依舊回眸。
何患寒風無度,美食在,萬愁皆休。
遂長願。淡淡春風,常沐紅樓。

調寄【鳳凰臺上】二〇一三年五月二十七日

國家圖書館出版品預行編目

中華美食詩詞集 / 鳳麟著. -- 臺北市：獵海人，
  2019.05
    冊；　公分
  ISBN 978-986-96985-8-0(上冊：平裝). --
  ISBN 978-986-97963-2-3(中冊：平裝)

851.486   108005247

中華美食詩詞集（中冊）

作　　者／鳳麟
出版策劃／獵海人
製作銷售／秀威資訊科技股份有限公司
　　　　　114 台北市內湖區瑞光路76巷69號2樓
　　　　　電話：+886-2-2796-3638
　　　　　傳真：+886-2-2796-1377
網路訂購／秀威書店：https://store.showwe.tw
　　　　　博客來網路書店：http://www.books.com.tw
　　　　　三民網路書店：http://www.m.sanmin.com.tw
　　　　　金石堂網路書店：http://www.kingstone.com.tw
　　　　　讀冊生活：http://www.taaze.tw

出版日期／2019年8月
定　　價／280元